轻轻公主

The Light Princess

[英] 乔治·麦克唐纳 著　漪然 译

云南出版集团

云南美术出版社

Contents
目录

轻轻公主

轻轻公主

1.什么！没有孩子？

很久很久以前——实在是太久了，我都记不清是什么日子了——有一位国王和他的王后，他们没有孩子。

国王暗自寻思道："所有我认识的国王，他们都有孩子，有的三个，有的七个，还有的多到十二个；而我的王后一个都没给我生。这对我太不公平了。"于是他打定主意，在这个问题上绝对不能和他的妻子善罢甘休。然而王后是那样的贤良淑德，她一声不响地听完国王所有的抱怨。国王却更加恼火了，而我们的王后只是装作这一切抱怨都只是一个玩笑，而且是那种十分善意的玩笑。

"为什么你到现在连个女儿都没生，这是起码的要求吧？"国王说道，"我不说儿子了，那或许是我想得太美了。"

“我得说，亲爱的国王，我真的很过意不去。”王后说道。

“你当然应该过意不去，”国王反唇相讥道，“你真的就不愿意行行好做点什么吗？谢天谢地。”

他不是一个坏脾气的国王，其他任何小事，他都可以放手让王后按自己的想法去做。然而，这件事是国家大事。

王后笑了。

“你要知道，我亲爱的国王，你必须对一位女士抱有十二分的耐心。”她说道。

她真的是一位非常善解人意的王后，并且真心实意地为自己不能立刻解决国王的烦恼而感到万分抱歉。

2. 就我不能去？

　　国王努力希望自己可以心平气和，但越是忍着，就越是觉得气不顺。不过，到最后他还是如愿以偿了，因为王后给他生了一个女儿——一个哭闹不停可爱的小公主。

　　给小宝贝洗礼的日子一天天地临近了。国王亲手写好一份份请束。当然，有些人就被遗漏了。

　　忘记某些人倒不是一件什么大事情，但是有些必须记住的人你千万不能忘记。不幸的是，国王一不留心就真的给忘了，而且他忘记的恰好就是麦克恩奥蒂公主。这下就尴尬了，因为这位公主是国王的亲姐姐，他本不应该忘记的。她一直就和老国王，也就是他们的父王不合，以至于老国王在遗嘱中都没有提到她。这也就难怪她的弟弟会忘记给她写请束了。这种亲戚就是让你没法记住，对不对？

　　她是一个脾气坏、心肠毒的女人。傲慢夹着恼怒，让她的脸上起了层层的皱纹，就像是块黄油疙瘩。

　　如果说偶尔忘记什么人是可以原谅的话，那么国王忘记他这个姐姐也是情有可原的，即使这是在受洗仪式上。

　　她看上去非常非常的古怪。她的额头看上去有半张脸那么大，而且还向前凸起，就像是悬崖一样。当她勃然大怒的时候，小眼睛会冒出蓝光；当她对什么人恨之入骨的时候，小眼睛就会闪耀出黄色和绿色的光。

至于她喜欢什么人的时候，两眼会放什么光，我不知道。因为我从来就没有听说过她还会喜欢什么人——除了她自己，而且我觉得，她是不是能和自己搞好关系，也是一件叫人吃不准的事。但是让国王忘记邀请她的主要原因，可能还是她那可怕的人品。事实上，她是个女巫，只要她对谁小施魔法，那个人很快就会大难临头。她用她的邪恶击败了所有邪恶的精灵，用她的狡猾击败了所有狡猾的精灵。她蔑视我们所知道的历史上一切规矩，哪怕是惹恼了其他的精灵和女巫，也不怕受到他们的报复。因此，在等了又等，仍然没有收到请柬的情况下，她下了决心，管它有没有请柬也要去，而且要让国王一家人都痛不欲生，就像她年轻时曾经做过的一样。

于是，她穿上自己最好的一件长袍去了王宫，受到了沉浸在幸福之中的国王的热情接待，他都不记得自己忘记邀请这个姐姐了，还立刻在王室礼堂的仪仗队中安排了她的位置。当人们聚集在洗礼台前的时候，她就开始谋划下一步行动。她向水里丢进去一些什么，然后摆出一副挺有礼貌的样子，直到圣水洒向孩子的面庞。就在那个时刻，她在原地转了三圈，然后嘴里念念有词，在她旁边的人可以清清楚楚地听到她念道：

冥灵轻轻，唯我魔令，

身形轻轻，追魂夺影，

让人们的臂腕永不疲倦——

只是要压碎你双亲的心！

人们都以为她疯了，不过是在重复一些无聊的童谣，不过所有的人都有一种不寒而栗的感觉。这时，小宝宝反倒开始咯咯发笑，保姆则吃惊地张大了嘴巴——她以为是自己的胳膊麻了，竟然完全感觉不到孩子在自己的臂弯中。

不过，她紧紧抱住孩子什么也没说。祸根就此悄然种下。

3. 她不可能是我们的孩子

　　可怜的孩子被残暴的姑姑夺走了所有的重力。要是你问我这是怎么做到的，我会说："用这个世界上最轻松的方法。她不过是破坏了地心引力。"对于像邪恶公主这样一个女巫来说，她知道地心引力规律的所有细节，就好像她知道鞋带的所有细节一样。同样，作为一名女巫，她可以在一瞬间消解这些规律，或者说，至少是动些手脚，堵住转动的齿轮，锈住它们的轮轴，这样就能让它们不发挥作用。但是我们更应该关心的是，接下来会发生什么，而不是这一切是怎么发生的。

　　这不幸的掠夺带来的第一个尴尬局面就是，当保姆想要上下摇晃宝宝哄哄她的时候，小宝宝竟然从她的怀中径直飞向了天花板。幸运的是，空气的阻力让她的上升速度降了下来，她在碰到天花板前的最后一刻停了下来。她就待在那儿，身体和她离开保姆怀中时一样平躺着，一边蹬着小脚，一边吱吱咯咯地开心笑着。惊恐不已的保姆摇动铃铛召唤男仆，男仆应声赶来，立刻取来扶梯。保姆颤颤巍巍地爬上扶梯，最后不得不站在梯子顶端，站直了身子，这才算够到小宝宝长长衣衫飘动的一角。

当这件怪事被众人发现的时候，立刻引得宫中一阵大乱。国王发现这一幕时的表情，简直和保姆是一个模子。他发觉怀里的孩子竟没有一点分量时，感到十分奇怪，他想要上下晃晃她，小宝宝就像先前一样慢慢地升向天花板，这让他大惊失色。小公主舒舒服服地飘在那里，感觉非常满意，她发出的咯咯笑声可以证明这一点。

国王站在那儿向上看着，半晌都没有说一句话，他浑身颤抖得如此厉害，大把的胡子就像是风中的草叶。最后，他转身看着王后，王后刚刚也被吓蒙了。他喘息着，目不转睛、结结巴巴地说道：

"她不可能是我们的孩子，王后！"

此刻，王后显得要比国王聪明多了，她已经猜测到"恶果必先有恶花"。

"我敢保证她是我们的孩子，"她回答道，"而且我们本应该在受洗仪式的时候更仔细地照顾她。那个不请自到的人现在应该已经不在这里了。"

"哦，啊！"国王说道，用食指敲打着额头，"我全明白了。我已经发现她不在这里了。你没发现吗，王后？麦克恩奥蒂公主向我们的宝宝施了魔法！"

"我说的就是这个意思。"王后答道。

"原谅我，我亲爱的，我没有听到你说的话。约翰！把我登上宝座用的梯子拿过来。"

他是一个小个子国王，但却有一个高大的宝座，就像许多别的国王一样。

宝座扶梯拿过来了，放在了宴会桌上，约翰爬到梯子的顶端。但是他够不着小公主，她就像是空中一片欢乐的宝宝云，不断地发出笑声。

"用这把钳子，约翰。"国王陛下说着，一边踏上桌子，把工具递给约翰。

这次约翰可以够着小宝宝了，小公主就这样被钳子夹了下来。

4. 她在哪儿？

这是一个晴朗的夏日，就在小公主第一次飘到半空的一个月之后——这段时间，她一直被小心翼翼地看护着。现在，她静静地躺在王后卧室的床上，甜甜地睡着。

一扇窗子打开着，因为正好是正午，天气又是如此闷热，所以小公主身上什么都没有盖，就进入了甜蜜的梦乡。

王后走进屋子，没有注意到宝宝躺在床上，就随手打开了另一扇窗子。

一个爱玩闹的风精灵一直都在等着恶作剧的机会，他立刻从一扇窗子冲了进来，飞向孩子的床，一下托起她，把她卷起来，就像一团绒毛或者是蒲公英种子那样，带着她穿过对面的窗子，消失不见。王后又去了楼下，对她刚才弄丢了什么一无所知。

保姆回来的时候，以为是王后陛下把孩子带走了，立刻开始担心自己会遭到一顿斥责，于是避而不问小公主的去向。但是由于没有听到任何责难传来，她又变得不安起来。最后，她还是赶到王后的化妆间，在那里见到了王后陛下。

"给您请安了，王后陛下，我可以把孩子抱回去吗？"

她说道。

"她在哪儿？"王后问道。

"请原谅我，我知道我错了。"

"这话什么意思？"王后说道，脸色苍白。

"哦！不要吓我，王后陛下！"保姆大声叫了起来，十指紧扣。

王后一下明白出了什么事，立刻昏倒在地。保姆冲出宫殿，尖声喊道："公主宝宝！公主宝宝！"

所有的人都跑进王后的房间。但是王后已经什么话也说不出来了。不管怎样，他们还是很快弄明白了，原来是公主不见了。一时间，整个宫殿就像是花园里的马蜂窝一般，乱成一团。过了约莫一分钟，昏厥的王后被一阵喊叫声和掌声惊醒过来。原来，人们发现公主正在玫瑰丛中熟睡着，是淘气的风精灵把她放在那里的，作为这个恶作剧的尾声，它在我们白白嫩嫩的"小瞌睡虫"身上撒满了红色的玫瑰花瓣。小公主被仆人们的嘈杂声惊醒后，开始快活地手舞足蹈起来，于是玫瑰花瓣四散飞舞，如同日落时分的一场夏日阵雨。

毫无疑问，这件事情发生以后，小公主被看护得更加精心了。然而谁也改变不了小公主具有的特性，那些奇怪

的事情也就注定源源不断地发生在她身上。不过，还从来没有一个待在屋子里的宝宝能让一家子人这么开心，更不要说在宫殿里的了，至少楼下的情况是如此。虽然照顾她对于保姆们来说并不是件轻松的活儿，但她至少不会让她们的胳膊酸、心儿痛。她玩球的时候是如此可爱！绝对没有什么危险可以让她跌倒。保姆们可以把她向下扔，或者向下撞，或者向下推，都不能让她倒下来。千真万确，她们甚至可以让她飞进壁炉和烟囱，或者穿过窗户飞出去，所幸的是所有这些事情都未曾发生过。如果你听到不知打哪儿传来的一串串笑声，你肯定也能猜到是怎么回事。去厨房或者起居室吧，你会看到简和托马斯，还有罗伯特和苏珊，所有的人，都在和小公主一起玩球。她自己就是那个球，而且没有为此感到一点不开心。她从这里飞到那里，发出开心的尖叫和笑声。仆人们喜欢这个小毛球本身，远胜于喜欢这个游戏。不过他们在把小公主抛来抛去的时候必须特别地小心，因为要是她受到一个向上的力，除非被人拽住，否则就再也不会落下来了。

但是，楼上的情况就大不一样了。例如，有一天吃过早餐，国王走进他的会计室，开始计算他的财产。这个工作让他有些闷闷不乐。

"想想看，"他自言自语道，"就连这些金沙弗林每一块都有四分之一盎司重，但是我活生生的、有血有肉的公主却一点分量都没有！"

他开始憎恨他的金沙弗林，因为它们静静地躺着，似乎每一张金黄色的面孔上，都带着自鸣得意的微笑。

王后正在客厅里吃着面包和蜂蜜。但在吃第二口的时候，她突然哭了出来，再也咽不下去了。

国王听到了她的抽泣声——谁都可以不开心，但是他的王后怎么可以不开心呢？他赶紧把那些金沙弗林都放到钱箱子里，把王冠扣到脑袋上，便冲进客厅。

"发生了什么事情？"他大声问道，"你为什么哭呢，我的王后？"

"我吃不下。"王后说道，伤感地望着蜜罐。

"这有什么大惊小怪的！"国王责备道，"你已经吃过早饭了——两个火鸡蛋，还有三份凤尾鱼。"

“哦，不是因为这个！”王后陛下啜泣道，“是因为我的孩子，我的孩子！”

“好吧，你的孩子又出什么事了？她既没有飞到烟囱上，也没有掉到水井里。听听她的笑声吧。”

可国王还是禁不住叹了一口气，他尽力让别人以为那是一声咳嗽而已，接着他说道：

“能够心情轻松是一件好事，我能肯定这一点，不管她是不是我们的孩子。”

“但是脑袋空空就是一件坏事！”王后答道，沉着面孔，望着远方。

“行动轻巧不是件好事吗？”

“但是行为轻佻就是件坏事。”

“脚步轻快不是件好事吗？”

“但是——”王后刚要说，国王打断了她的话。

“事实上，”他说道，带着一种与假想中的对手辩论时总结陈词的语调，或多或少还有些洋洋得意，“事实上，总而言之，身体轻盈就是一件好事。”

“但是总而言之思想轻浮就是一件坏事。”王后反驳道，她的脾气有些上来了。

最后这句话，一下子刺痛了国王陛下，他一转身又向会计室走去。他走到半路的时候，王后的声音从背后传过来。

"发丝浅浅也不是件好事情！"她喊道。因为确定他不会有其他的话来反驳她了，她的劲头倒上来了。

王后和国王的头发都乌黑发亮，而他们女儿的发丝却是如清晨阳光般的金黄色。然而，让他止住脚步的，倒不是对头发的反应，而是王后说的这个词的双重用法。因为国王特别讨厌俏皮话，还有双关语。此外，他也有些分不清，王后说的到底是"发丝浅浅"还是"后嗣轻轻"[1]，当她被激怒的时候，她的发音为什么不能更清楚一点呢？

他转回身来，走到王后身旁。她看起来还是怒气冲冲的，因为她知道自己说错了话，或者——这也没什么不同——她知道他认为自己说错了话。

"我亲爱的王后，"他说道，"口是心非会让任何一对夫妇感到不痛快，更不要说是国王和王后了；而最最叫人讨厌的口是心非，可以说，就是这种含糊其词的双关语。"

"好了！"王后说道，"我从来都不开玩笑的，但是我现在实在受不了了。我是这个世界上最不幸的女人！"

1　在英文中，头发 (hair) 和继承人 (heir) 发音相近。

她看上去如此沮丧，国王不由爱怜地把她拉到怀中，一起坐下来商量。

"你受不了了吗？"国王问道。

"是的，我受不了了。"王后答道。

"那好，我们该做些什么呢？"国王说道。

"我也不知道，"王后说道，"或许你可以去道个歉？"

"向我的姐姐道歉，我想你是这个意思吧。"国王说道。

"正是。"

"好的，我可以试试看。"

于是，第二天他就去了公主姐姐的家里，诚心诚意地向她道歉，乞求他的姐姐收回魔咒。可公主阴沉着脸，声称她根本不知道国王在说什么。然而她的眼睛却发出粉红色的光，这说明她心里特别地开心。她唯一的建议就是叫国王和王后要耐心一点，一切会慢慢好起来的。国王闷闷不乐地回来了。王后想要安慰他一下：

"我们可以再等她长大一点。那时候她就能意识到自己身上发生了什么。至少会知道她自己的感觉是什么样，还可以解释给我们听。"

"要是她长大以后结婚了怎么办？"国王惊呼道，这个念头一闪而过，他顿时大惊失色。

"好了，那又怎么样啊？"王后问道。

"想一想，如果她有了孩子！一百年过后，天上飘的全是孩子，就像是秋天里的蛛网。"国王说。

"那不关我们的事，"王后回答道，"而且，那个时候，他们应该能学会好好照顾自己。"

叹息是国王唯一的回答。

他本来想询问那些御医，但是又害怕他们会拿小公主做试验。

6. 她笑得太多了

　　与此同时，尽管棘手的事情接踵而至，也给她的父母带来不断的烦恼，可小公主还是笑着长得又结实又高大——不是胖。直到她长到 17 岁，最不幸的一次意外也就是掉进了烟囱里，最后是一个掏鸟蛋的小孩把灰头土脸的公主救了出来，并因此出了名。这些倒不算什么，可由于她缺心眼，所以最糟糕的事，就是她不管遇到什么人、什么事，都会哈哈大笑。

　　有时候，为了试验一下，人们告诉她，柯兰瑞恩福特将军被他的士兵五马分尸了，她大笑；当她听到敌人的军队马上要来包围她父王的首府时，她笑得更厉害了；而当她听说由于敌军士兵的仁慈，城市将要被放过的时候——你猜怎么样，她竟然笑得前仰后合。她从来看不到任何事情严肃的一面。当她母亲哭的时候，她说道：

　　"妈妈长了多么奇怪的一张脸啊！她的脸上挤出水了！妈妈好好笑！"

　　当她的父亲对她大发雷霆的时候，她还是笑，绕着他一圈一圈跳起舞来，一边拍手，一边大喊：

　　"继续，继续，爸爸。再来一次！这真是太好笑了！

亲爱的滑稽爸爸！"

假如国王想抓住她，她就会立刻从他手中溜走，不但连一点起码的害怕都没有，反倒把这个当作是玩"你抓不到我"的游戏。

她一跺脚，就能飘到国王的头顶上方，或者在他前后左右四处飞舞，像一只硕大的蝴蝶。这种事情发生了好几次。当她的父王和母后想要私下里讨论她的事情，就会被头顶传来的嬉笑声打断。他们气愤地抬头一看，就会看到小公主正好飘在他们头顶上方，那里是她觉得欣赏父母最有趣的位置。

有一天，发生了一件尴尬的事情。公主正好和她的一位侍女一起到外面的草坪上玩，那位侍女一路牵着她的手。

公主发现她的父亲正好在草坪的另一边，她就甩开侍女的手，径直奔向他。每当她自己一个人跑的时候，她习惯性的两手各抓一块石头，这样她跳起来以后还能够再落回到地上。不管她穿什么衣服都没有这样的效果——哪怕是用黄金做的，只要一穿在她身上就成了身体的一部分，立刻失去所有的重量。但要是抓在她手里的东西，就能保持向下的重力。

可是，她四下看看，除了一只大癞蛤蟆之外什么能抓的都没有。那只大癞蛤蟆正在草地上慢腾腾地爬着，看上去像是爬了一百年。

因为不知道什么叫作恶心——那也是她的特性之一，她一把抓住那只癞蛤蟆就跳着跑过去了。国王张开双臂，准备接住她，就在她快要投入父王的怀抱，给他如同蔷薇花苞上飞落的蝴蝶般的轻轻一吻时，突然一阵风横扫过来，一下子把她卷进一个年轻侍卫的怀中，这个侍卫刚好站在旁边听候国王的差遣。

这时候，也没什么时间考虑了，她必须吻——她也就吻了那个侍卫。她没有多想什么，因为在她的字典中根本没有羞怯两个字，并且除此之外，她别无选择。于是她哈哈大笑，就像一只八音盒。可怜的侍卫这下遭了殃，因为公主想要纠正这个不该发生的错误的吻，于是伸手一把推开侍卫。侍卫的这边脸上刚被亲到，另一边脸上就被按上一个大癞蛤蟆，还正好按在了眼睛上。

侍卫尽力笑出声来，好让大家觉得没什么大事情发生——他不过是站直了，挨了一个吻。而对我们的国王来说，这使得他的尊严受到了极大的伤害，结果整整一个月他都没有和那个侍卫说话。

这里我要提一下的是，看着小公主奔跑是件十分有意思的事情，如果她的行进方式可以称作是奔跑的话。首先，她会跳起来，落下来的时候，她会跑上几步，然后再跳起来。有时候她会以为自己已经落地了，实际上还没有，她的脚就会前后摆动，什么都没踩到，却还在跑啊跑，就像是一只翻过身来的小鸡。于是，她就会非常开心的大笑着，只是她的笑声中似乎少了一些什么。那到底是什么，我觉得我真的无法形容。那是一种特别的音调，也许带着一种哀婉，或者柔美。但是，她从来都不微笑。

7. 尝试玄学

很长时间，国王和王后都避而不谈这个伤感的话题，最后他们决定三个人坐到一起商量，于是派人去召来公主。她一进来，就从一件家具上连滑带飘地飞到另一件家具上，最后轻轻地落在一个有扶手的椅子上，坐了下来。那也说不上是坐了下来，因为她完全就是飘在座位上面的，我不能装得就这么肯定。

"我亲爱的孩子，"国王说道，"这一回你必须要明白一点，你和别人不一样。"

"哦，亲爱的滑稽爸爸！我有一个鼻子，两只眼睛，还有所有其他的部分。你是这样子的，妈妈也是这个样子的啊。"

"现在严肃一点，我亲爱的，哪怕一次。"王后说道。

"不嘛，求求你，妈妈，我才不要那样。"公主答道。

"难道你不希望自己能够像别人一样走路吗？"国王说道。

"不想不想，我从没想过要那样。你们只是在爬。你们都是慢得要死的大马车！"公主答道。

"那你觉得自己怎么样呢，我的孩子？"国王觉得有些尴尬，顿了一会儿，继续问道。

"棒极了，谢谢你关心。"

"我是说，你觉得自己的身休像什么呢？"

"什么也不像，我就是我自己。"

"你总要有点什么感觉吧。"

"我感觉就像一个公主,有一个这么好玩的国王爸爸，还有一个王后妈妈这么疼爱着！"

"现在说正经的！"王后开始生气了，可公主还是打断了她的话。

"哦，好吧，"她接着说道，"我记得，我有时候有一种很奇特的感觉，好像我是整个世界唯一有这种感觉的人。"

她刚刚开始摆出一副高贵的姿态，却还是"扑哧"一下笑了出来，然后一面哈哈大笑，一面在椅子上打起滚来，兴高采烈地骨碌骨碌滚到地板上。国王就像捡起一条鸭绒被一样把她拎起来，在椅子上把她重新摆成"先前"的姿势。到底要用什么更准确地词汇来形容这个姿势，我不知道，只好用"先前"了。

"那你就没什么想要的吗？"国王继续问道，现如今他才明白怎么对她发火都无济于事。

"哦，亲爱的爸爸！有的。"她回答道。

"是什么，我的宝贝？"

"我一直以来都好想要的。哦，就那么一次！……自从那个晚上。"

"告诉我是什么？"

"你会答应给我吗？"

国王刚要说可以，机敏的王后给他递了一个眼色。"先告诉我那是什么？"国王说道。

"不嘛！你先答应我。"

"恐怕不行。你要先告诉我那是什么？"

"听好，我要你信守承诺哦！那就是把我系在一根线上，一根非常非常长的线，让我像风筝那样飞起来。哦，太好玩了！我可以下玫瑰雨，还有蜜饯冰雹，还有奶油大雪，还有，还有，还有……"

她的话被自己的一阵大笑打断了，然后她又一次滚到了地板上，这次国王没能立马站起身来抓住她。

看到再也不能从她那儿问出来什么结果了，国王摇了摇铃铛，叫来两个侍女把公主带了下去。

"好吧，王后，"他转身回来对王后说道，"我们现在该怎么办？"

"我看我们只有一件事情可以做了，"她回答道，"去问问玄学院。"

"绝妙的主意！"国王喊道，"我们这就去！"

此时在学院里管事的是两个聪慧过人的中国大学问家，一个叫韩笃笃，另一个叫寇珂珂。国王叫人把他们请来，他们立刻就赶到了。国王花了很长时间让他们了解他们已经很清楚的情况。有谁会不知道呢？换句话说，就是他宝贝女儿与所在的地球之间的特殊状况。国王要他们两个一起商量，尽快找出公主这种"虚弱"的原因以及可能的治愈办法。国王讲到"虚弱"这个词的时候用重音以示强调，王后忍不住笑了，韩笃笃和寇珂珂谦卑恭敬地站在下面低头不语。

讨论的过程主要是提出问题和佐证，一遍又一遍罗列各家各派的学说观点。公主的情形可以说为各个学说——确切地说，是所有来自东方古国玄学的各种问题提供了一个很好的讨论平台。但他们倒也没有忽略那个最切合实际的问题，就是到底该怎么办。

韩笃笃是一个唯物主义者，而寇珂珂是一个唯心主义者。前者凝重而过于认真，后者敏捷而略显轻浮；后者常常说出第一句话，前者往往是说最后一句话。

"我再次重申先前的观点，"寇珂珂突然发话了，"公主没有什么问题，无论肉体还是灵魂，它们只是被错误地放到了一起。现在听我说，韩笃笃，我要用几句话来告诉你我是怎么想的。别说话，别回答我，在我说完以前，你说什么我都听不见。在那个决定性的时刻，当灵魂找寻它们指定的居所，两个渴求的灵魂相遇了，接触、碰撞、迷失，最后各自到达了错误的位置。公主的灵魂就是其中一个，而且还误入歧途得很远。她根本就不属于这个世界，而是属于别的什么星球的，或许是水星。她与那个星球之间的牵引力，摧毁了这个星球对她身体的吸引和支配。她不关这里的任何事。她和这个世界根本就没有关系。"

　　"必须要教育她，好好地教育，让她对地球产生兴趣。她必须学习地球上的各个历史学科——动物史、植物史、矿物史、社会史、伦理史、政治史、科学史、文学史、音乐史、艺术史，最重要的是玄学史。她必须从中国学到日本。不过她首先要学的是地质学，特别是那些已经灭绝动物的历史——它们的天性、它们的习性、它们的爱、它们的恨、它们的报复。她必须——"

　　"够了，够、够、够了！"韩笃笃大叫起来，"这下该轮到我了。我深信不疑的一点是，公主身上非比常人现象的根本原因，确切而肯定地说都是自然现象。请听我的解释。基于一种或是别的什么原因，这对我们的调查并不重要，她的心脏运动被翻转了。收缩力和扩张力以一种错误的方式相交替，我是说，在公主这种不幸的情况下，在应该扩张的地方收缩下去，而在应该收缩的地方反而扩张开来。心耳和心室的功能也都被搅乱了。血液从静脉流出，从动脉返回。结果就导致她整个身体器官都按照错误的方式来运作，包括肺等等一切。这神秘的现象就如同我们现在看到的，表现为受到另一种特别的地心引力的影响，难道她不应该同正常的人类有所区别吗？我建议的治疗方案是这样的——

"首先给她抽血，一直抽到仅能维持生命安全的程度。为了更有效，必要的话，将她泡在热水中。当她失血达到近乎休克的时候，就用一条绷带绑住她的左脚踝，只要骨头不断，能绑多紧就绑多紧。与此同时，在右手腕也绑上一样的绷带。通过特制的板子，把另一只脚和另一只手放在两只空气泵的出气管里面。排空出气管，注入一品脱的法国白兰地，然后静候佳音。"

"那你等着看，到时候死神会以什么模样大驾光临吧。"寇珂珂说道。

"就算真的有什么不幸，我们也算是尽心尽力了。"
韩笃笃反驳道。

　　但是他们的国王陛下觉得这些天马行空的想法太不可
思议，决定还是不把公主交给这两个有着大无畏精神的哲
学大师，去实现他们的想法。确实，即使是最完备的自然
规律知识，也不能适用在公主身上，要想为她分门别类是
不可能的。她是不可衡量的第五种形态，兼具可衡量的其
他形态的所有特性。

9. 试试一滴水

对于公主来说，最美妙的事情莫过于坠入爱河。但是对于这样一个没有重力的公主来说，坠入任何事情都有点麻烦，恐怕还不是一点点麻烦。

至于公主本人在这一方面的感觉呢，她完全不知道还有这样一种跌入满是蜜和刺的蜂巢般的境地。但是，我现在首先要来说说关于公主的另一件有趣的事情。

王国的宫殿建在一个世上最可爱的湖的湖滨，公主喜欢这个湖要远远超过喜欢她的父王和母后。尽管公主并没有意识到，但她如此热爱自然完全是因为她一旦跃入湖中，所有被邪恶夺走的自然权利就都回来了，说简单一点，就是她的重力回来了。这是不是由于湖水分散了一些咒语的魔力，我可就不知道了。

就像一位老保姆说的那样，她能够像鸭子一样在水里游泳和潜水。这种可以减轻她不幸的方式是这样被发现的：

一个夏夜，举国上下正举行狂欢活动，公主被国王和王后带到湖上，坐上了皇家游艇。

群臣坐在一艘艘小船上紧随着他们。船队行至湖心的时候，公主想要跳进大法官的游艇中，去找他的女儿。因为，公主和大法官的女儿是好朋友。

老国王现在已经很少屈尊来试着开心一下了，然而这一回，他却做了一件相当滑稽的事情。当两船靠近的时候，他一下子拎起公主，把她扔向大法官的游艇。可就在这时，国王忽然失去了平衡，一下跌倒在船上，也没有抓住他的宝贝公主，不过好在他给了公主一个向下的力，虽然方向稍有不同。结果，国王跌倒在甲板上，而公主掉进了水里。

随着一阵开怀大笑，公主就消失在湖里。游船上响起一片惊恐的叫声。这以前他们从来没有见过公主会沉下去。

很多人都立刻跳入水中，可他们没过一会儿，又不得不浮出水面来换气。这时候，"咕噜，咕噜，扑哧，扑哧！"公主一下子从远处跃出水面，发出一阵笑声。她在那里，游得像一只天鹅。她既不向国王和王后那里游，也不向大法官和他的女儿那里游。公主是相当任性的。但是这时的公主看起来却要比平常显得更稳重。也许因为心情太好，反倒笑不出来了。无论如何，这件事情发生之后，每每跃入水中，她生命的激情就会全部迸发出来。她在水里越久，行为举止就越端庄，样子也越美丽动人。

夏天和冬天她都同样游兴不减，唯一的区别是冬天她不能在水里待太久，并且人们要不时地去把冰面砸开，让

她跳进去。夏天的时候，从早到晚，都可以用这样的词语来形容公主——就仿佛蓝色湖面上的一条白飘带，或是躺在那里如同白云的倒影，或是像海豚一样在水中穿梭——一会儿消失不见，一会儿又从不可预料的地方冒出来。就连晚上都会待在湖里，只要她不迷路。她房间的阳台悬在一个很深的水池上方，穿过一个浅浅的芦苇丛生的通道，她就可以游进宽阔的湖里，没有人能想出这么聪明的办法。

确实，当她半夜在月光中醒来的时候，总是很难拒绝湖水的诱惑。不过跃入水中还是有些令人不快的麻烦。她对空气的恐惧，就好像孩子们对水的恐惧一样。就是最轻微的风都可以把她吹走，而即使是在最宁静的日子里，也随时会有一阵微风吹起。这时，要是她想往水里跳，处境就会相当尴尬了。最好的状况就是她留在原地，穿着睡裙悬在空中，直到有人正好看到并来解救她。

"哦！要是我有重力，"她凝视着湖水，暗自思忖，"我就可以像一只白色的海鸟从阳台上一下子跃出去，一头扎进那可爱的水中。唉！"

只有在这时候，她才希望自己和别的人一样。

公主喜欢待在水里的另一个原因是，在那里她可以独自享受一些自由。因为她平时必须带一队随从出行，包括一支轻骑兵队——为了防止一阵风吹来把她给卷走。

随着时间的推移，国王也越来越小心谨慎，最后发展到没有差不多二十根绞丝绳子系在她的衣服各个边角上，再加上二十个骑兵牢牢抓住，就决不让她出门的地步。骑马当然更是完全不可能的。但是只要她跳进水里，就能和这些繁文缛节说拜拜了。

水对公主的作用实在是太引人注意了，特别是她泡在水里时就恢复了正常人的重力这一点，令韩笃笃和寇珂珂一致上书给国王，建议可以把公主埋在地里三年试一试——既然水能让她的情况好转，那么也可以寄希望于泥土，或许能收到更好的效果。但是，国王对这种试验已经有些成见了，不同意这样做，于是这个提议被否决了。他们又不遗余力地给出其他的建议：一个从儒家引入他的观点，而另一个则从藏传密宗找来解释，都是相当不同寻常的。他们经过讨论，认为如果源于外部作用的水可以如此有效，那么来自身体内部的水就会有更好的疗效。一句话，就是只要备受折磨的可怜公主不管怎么样被弄哭了，就能找回她失去的重力。

但是怎么才能让公主哭呢？这个问题首当其冲。这些大学问家啊，有时候也不够聪明。要知道，让公主哭和让她有重量一样难。他们找来一个职业乞丐，把他从监狱里放出来，给他准备必要的装束打扮，要他准备一番最能打动别人的说辞，并且向他许诺事成之后必有重赏。但是一切努力都化为了泡影。公主听到这个乞丐的叙述，盯着他那可怜巴巴的打扮看了看，最后她实在是受不了了，为了放松心情，不得不发出一种最肆无忌惮的尖叫，大声地、完全放纵的笑声。

当她好了一点点之后，国王下令让随从把乞丐赶走，连一个铜板都没有给。乞丐那副可怜巴巴的样子实在是虐待她的眼睛，这让她觉得很不舒服，有些想打人的冲动。

心急如焚的国王希望用其他试验来证明这个建议确有效果。有一天他索性大发雷霆，冲进公主的房间，狠狠地用鞭子抽了她一顿。然而公主还是没有落下一滴眼泪来。她看上去神色凝重，但还是发出像尖叫一般的笑声，仅此而已。尽管伪装发怒的国王用最细致的目光反复打量，也没有在公主蔚蓝色的眼睛里找到哪怕是最小的一片浮云。

٩. 把我再放进去

现在我们必须要说到,这时候正有另一位国王的儿子,住在距离纳格贝尔一千英里的地方,正四处寻找一位国王的女儿。他长途跋涉,但是每次找到一位公主,他总能发现有这样或那样的毛病。更何况他也不能见一个女人就娶,不管她漂亮到什么程度。结果,他一个称心如意的公主也没找到。王子实在是近乎完美,所以他完全有资格要求他寻找的公主也十全十美。此话一点不假,据我所知,他是一个杰出的、英俊的、勇敢的、大方的、有教养的和举止优雅的年轻人,就像所有优秀的王子那样。

在游历的途中,王子听说了一些关于我们这位公主的消息,大家都说她是被施了魔法的,所以我们的王子做梦也没想到自己会为这位公主着魔。一个王子对一个丢失了重力的公主又能怎么样呢?天晓得她接下来会失去什么,或许会失去视觉,或者失去触觉……一句话,她可能会失去来自基本神经中枢的任何一种感觉能力。到时候,他连她是生是死都分辨不出来。这么一想,王子自然也就没什么兴趣去打听公主的消息了。

有一天,王子在一片大森林中和侍卫走散了。这片森林把王子和侍卫完全隔开了，就像是一个筛子把麦粒从麦麸中剔出来一样。就这样，王子不必跟着他们到处碰运气。他们带他去找的，都是一些不要求愉快地相处就先结婚的公主。有时我倒希望那些公主们也能在森林中迷一迷路。

一个迷人的傍晚，流浪了许多天的王子发现自己终于走出了这片森林，树木变得稀疏起来，他可以透过它们看到夕阳。很快他就来到一片灌木丛生的开阔地，还看到一些人们经过这里留下的痕迹。不过天色已晚，所以他没有遇到什么人。

又颠簸了一个钟头之后，他的马儿实在是精疲力竭，又因为缺食少饮，倒了下去，再也爬不起来。

王子只好步行继续他的旅程，最后他终于走到了另一片树林里……这回不是野生林了，而是一片人工林，中间有一条小路领着他走到一个大湖的岸边。沿着这条小路，王子一路急行，冲破重重黑暗……突然，他停下脚步，侧耳聆听，湖中传来一丝奇怪的声音。那实际上是公主的笑声。她的笑声是有些奇怪的，我前面其实也已经暗示过，因为公主真正要迸发出开心的笑声是需要有重力来帮助的。此刻，王子把公主的笑声误以为是尖叫了。

极目远眺，他看到湖水中有个白色的东西，于是他脱掉束腰上衣，甩掉脚上的鞋子，纵身一跃跳入了湖水中。他很快就游到那个白色物体边上，发现那是一个姑娘。光线很微弱，所以他没看出来她是位公主，但是他看出来那是一个姑娘，因为这一点不需要太清楚就能分辨出来。

接下来到底是怎么回事，我也说不大清楚，究竟是公主假装溺水了，还是王子吓到她了，又或者因为王子抓住了她，让她一下子紧张起来，总之一句话，就是王子用了一种对游泳者来说极不雅观的方式，把公主拖到了岸边，本来好好的公主反倒差一点给淹死了。公主每次刚想说话，湖水就涌进她的嗓子眼儿，让她什么也说不出来。

王子抓住公主的地方距离湖堤只有一两英尺远，所以王子就用力把公主举出了水面，想让她躺到湖堤上。但是公主一离开水，重力就消失了，随即就升到空中，气得她破口大骂、大喊大叫。

"你这个下流、下流、下流无耻、下流无耻的男人！"她喊道。

在这之前，从来没有一个人能让她如此大发脾气。王子看到她飘起来，还以为自己是被施了魔法，误把一只天鹅当作姑娘给救了起来。公主抓住了一颗高耸的云杉树顶端的球果。它被揪了下来，她又抓住了另一颗……她就用这种采摘球果的方式让自己不至于飘走。她一边前进一边扔球果，在云杉树下延伸出一条球果铺就的小径。王子这时候就呆呆地站在水里，目不转睛地看着，都忘了从水里出来。不一会儿，公主的身影消失在枝叶间。王子立刻爬上岸，向大树那边跑去。在那儿，他看到公主顺着树干爬了下来。不过在黑暗的树林中，王子还是有些迷惑不解，不知道自己看到的究竟是什么。这时，公主回到了地上，一转身瞧见王子站在那里，就立即抓住了他，说道：

"我要告诉爸爸去。"

"哦，不要，千万别那么做！"王子赶紧说道。

"我就要说，"公主坚持己见，"凭什么你要把我从水里拖出来，然后又把我扔到空中？我又没有对你做什么坏事。"

"请宽恕我吧。我没有要伤害你的意思。"王子说。

"我相信你也没有那个脑子，你的脑子比你那可怜的重力还要少。我可怜你。"

王子这才明白，自己遇到的就是那个被施了魔法的公主，而且自己还冒犯了她。但是他还没有想好接下来该说些什么，公主已经生气地一跺脚，让自己又飘了起来。这次她抓住了王子的胳膊。

"快把我背起来。"

"把你背到哪儿，美丽的小姐？"王子问道。

他差不多已经爱上了公主，不对，是完全爱上她了！因为公主生气的样子比平时看上去更加迷人，而且在他看来，公主简直一点毛病都没有，当然了，除了她没有一丁点重力之外。然而没有哪个王子会根据体重来评价公主。他还不能说出公主那一双脚的可爱之处，因为它们都沾上了一点泥巴。

"把你背到哪里，美丽的小姐？"王子又问道。

"放到水里，你这个白痴！"公主回答道。

"好的，等等。"王子说道。

公主的一身华丽穿戴让她在平常走路时常常举步维艰，这时则迫使她不得不紧紧贴着王子。王子简直无法确定自己是不是在做一个美妙的梦，尽管耳边不时飘来公主莺歌般的谩骂声。王子不急不恼地背着公主一路走过去，他们来到了湖泊的另一端，这里的湖堤距离湖面至少有二十五英尺。当他们踏上湖堤的时候，王子回过头对公主说：

"我怎么把你放进去啊？"

"那是你的事情，"公主十分不耐烦地答道，"你怎么把我拉出来的，就还怎么把我放进去。"

"那好吧。"王子说道，他紧紧抱住公主，纵身一跃跳入水中。公主还没来得及发出开心的大笑，湖水就将他们包围起来。当他们又浮到水面的时候，她发现有那么一两个瞬间，她甚至笑不出来了，因为她在露出水面的一刻，在忽然出现的一股向下的重力中，恢复呼吸有一些困难。

"你觉得坠落的感觉怎么样？"王子问道。

费了一些气力，公主总算缓过劲来：

"那就是你说的坠落？"

"是的，"王子回答道，"我想这应该是十分标准的坠落。"

"可对我来说却像是升起。"公主说道。

"我的感觉确实也像是一种升腾。"王子让步道。

公主看起来并不明白他什么意思，她又问道：

"你觉得坠落是怎么样的？"

"超越一切，"他答道，"我已经完全坠入我所见过唯一完美的事物中了。"

"别那么说话，我听着累得慌。"公主说道。

可能公主继承了她父王对双关的反感。

"难道你不喜欢坠入其中吗？"王子说道。

"这是我一生中最开心的时候，"她回答道，"以前我从来没有落下来过。我一直希望能体会到这种感觉。要知道，我是我父王的王国里唯一一个不会坠落的人！"

这时候，可怜的公主看起来有些伤心。

"我愿意陪你一起坠下去，只要你喜欢，任何时候都可以。"王子全心全意地说。

"谢谢你。我不知道，也许这是不对的。不过我不在乎。不管怎么样，我们已经一起坠落了，那就一起游泳吧。"

"乐于从命。"王子回答道。

于是他们就在一起游泳嬉戏，或潜入水中，或浮上水面，直到他们听到湖边传来呼唤声，四面八方都亮起了点点灯火。天色已经很晚了，夜空中却还没有出现月亮。

"我必须回家了，"公主说，"这真让我非常遗憾，因为我真的玩得很开心。"

"我也是，"王子答道，"不过我很高兴我已经无家可归了，我现在真的不知道家到底在哪里？"

"我也希望我没有家，"公主接着说道，"实在太傻了！有时候真想好好捉弄他们一下。为什么他们不能让我一个人待着？他们就是不相信我可以在湖里待上一整夜！你看到那边亮着的绿光吗？那就是我房间的窗户。现在要是你能够陪我一起悄悄地游过去，游到那边的阳台下面的时候，你就把我一推……你知道的，就像你刚才做的那样，我就能抓住阳台，翻进窗户，然后他们就会到处找我，一直找到明天早上。"

"愿意为您效劳。"王子优雅地说道，然后他们一起游过去，轻轻地，没有溅起一个水花。

"明天晚上你也会来湖里吗？"王子壮起胆子问道。

"当然会了。不过我不能肯定。也许吧。"公主给了他一个有些奇怪的回答。

不过王子很聪明，没有去逼问她更多的事情，他只是轻轻地凑到她耳边，在向上托起她的时候小声说道："嘘——"

公主只回了一个调皮的眼神——她已经离王子的头顶有一码远了。那眼神似乎在说："别担心。这很好玩，一切都不会搞砸的。"

就和其他人第一次看到公主在水里的感觉一样，王子难以置信地看着公主慢慢地升上去，抓住阳台，翻过窗户，消失不见了。他转过身，希望能看到公主依然在自己身边。不过他只是一个人孤零零待在水中。于是他静静地游走了，看到搜寻公主的灯火在岸边摇晃了好几个钟头，而公主却早已经安安稳稳地待在自己的房间了。当搜寻公主的人渐渐散去，王子就爬上岸，找到衣服和宝剑。这费了不少工夫，不过最后他把它们都找到了，然后立刻抄小路沿着湖边赶到湖的对岸。那里的树木要稀疏一些，湖岸也显得更为陡峭一些，更加笔直地沿着环绕湖周的山岩爬升上去，并且不断地涌下涓涓细流，从早到晚，昼夜不息。王子很快找到一个地方，正好可以看到公主房间里发出的绿光。在这里，就算是大白天，他也不用担心被对岸的人发现。这是一个岩洞，王子用落叶给自己铺了一张床，他又饥又饿，一躺下便昏昏入睡。一整夜他都梦见自己和公主一起在水中游着。

10. 瞧那月亮

第二天一早，王子动身去找吃的，很快他就找到一个护林人的小屋。在那里，他找到了非常充足的水和食物，足够他接下来生活很多天的。这一下解决了当前如何活下去的问题，而他也不为生存之外的事情发愁。因为无论何时，如果遇上什么意外的麻烦，我们聪明的王子总是会用最高贵的方式，恭恭敬敬地将它请到一边去。当他用完早餐回到观察哨时，看到公主已经在湖里四处漂游了，后面跟着两个戴着王冠的人，那应该是国王和王后。此外，还有一大群人，都坐在一艘艘可爱的小艇中，小艇上罩着花花绿绿的遮阳篷，两侧缀满许许多多的彩旗和彩带。这是一个十分晴朗的天气，王子很快就被晒得浑身冒汗，开始想念那冷冷的湖水和酷酷的公主。不过他必须忍耐到黄昏的降临，因为那些游船上都有很丰盛的食物，看来这一场欢快的聚会不到夕阳西下是不会结束的。

终于，一艘接一艘小艇跟着国王和王后的船，渐渐驶向岸边，湖面上只留下了一艘船，很显然，那是公主的船。她还不想回去，王子看见公主下令让船不用管她去靠岸。谢天谢地，最后一艘船也走了，熙熙攘攘的前呼后拥的人都消失了，湖面上只剩下一个白色的斑点。这时候王子开始唱起歌来。他是这么唱的：

　　"美丽的姑娘，

　　白天鹅，

　　抬起你的眼眸，

　　驱散夜幕，

　　用这目光

　　的魔力哦。

　　雪一样的胳膊，

　　雪白的桨，

　　划到这儿哦，

　　轻轻地划哦，

　　轻又轻，

　　划到这儿哦。

　　她身后的浪，

　　越过湖，

　　熠熠白光

　　闪动其中，

　　一直一直跟着她哦

熠熠白光！

紧贴她哦，
水蓝蓝，
不呀么不离分，
只有那阵阵
真实和冰冷
亲吻她的脸庞。

浪花在我左右，
水幽幽，
离开她身旁哦，
让我乐悠悠
荡呀荡
吻过她的脸又到我身旁！"

在他唱完以前，公主已经游到他的脚下了，她浮出水面抬起头来发现了他。她是顺着歌声游过来的。"你想不想再坠落一次，公主？"王子说道，向下看去。

"啊，你在这儿！是的，要是你愿意的话，王子。"

公主说道，抬着脸望着他。

"你怎么知道我是一个王子的，公主？"

"因为你是一个长得特别帅的小伙子，王子。"

"那么上来吧，公主。"

"拉我一把，王子。"

王子脱下围巾，然后是剑带，接着是上衣，他把它们系在一起，慢慢放下去。不过这根绳子还是太短了。他又解开头巾，把它接在后面，最后长度还是差了一点，多亏又接上他的褡裢，这回总算够长了。公主几经努力总算是抓住绳子的一端爬了上来，站到了王子的身边。这次他们所站的位置要比别的地方高许多，跳下去的速度和溅起来的水花都是惊人的。公主这次可算是过足了瘾，他们一起游了个痛快。

接下来的每一个夜晚他们都在湖中相会，在夜色笼罩下的明净湖水中游水嬉戏，这成为王子最大的快乐。不知道是公主看世界的方式感染了他，还是他已经变得轻飘飘的，他经常想象自己不是在水里而是在天上游啊游。不过，当他告诉公主，说自己像是在天堂的时候，公主就会大声地笑话他。

月亮出来了，给一切带来了新的生气。月光下，所有的一切看起来都变得新鲜而又奇特，带着一点古老、陈旧却又不会褪色的清新感。当满月的时候，他们最高兴做的事情就是潜到水底，然后返身向上看，看那紧挨着头顶的一大块光斑，闪烁着、颤抖着、摇曳着……一会儿大，一会儿小；像要溶化开来，又变得坚不可破。然后，他们会一下子冲向那个光斑，冲出水面。瞧！那是月亮，遥挂夜空，皎洁而静谧，冷冷的却又十分可爱。它也在一个湖中，比他们身处的这个湖还要深、还要蓝，正像公主所形容的那样。

王子很快就发现，在水里的时候，公主和其他人没有什么两样。除此之外，她的问题也不像在岸上那样极端，回答也不那么偏激了。她的笑声也没有那么频繁，甚至笑的时候也变得柔和了许多。总之，在水里的她看起来比在岸上要温柔贤淑得多了。

但是每次，当这个落入湖中同时也落入了爱河的小伙子想要对公主表白的时候，她总是转身过来看着他大笑。过了一会儿，她好像变得迷惑不解，似乎想弄明白他在说什么，却没办法弄明白。他所说的对她而言，只是一个空洞的概念。只要一离开湖面，她就变成了另一副样子。王子暗自寻思："要是我娶了她，恐怕别无选择，只能和她立刻跳到海里变成美人鱼了。"

11. 嘶嘶

公主在湖中得到的愉悦已经升华为一种激情，一个钟头不泡在水里她都无法忍受了。有一天晚上，当她和王子一起潜入水中的时候，她突然意识到湖水似乎没有平时那么深了，可想而知，她当时是多么地惊愕。王子猜不出到底发生了什么事情。公主浮出湖面，一句话也没有说，径直游向湖岸较高的一面。王子跟在后面，想要知道她是不是病了，或者发生了什么事情。公主头也不回，好像忘记了王子还在旁边。到达岸边之后，她绕着湖边的岩石看了一会儿。但是她还不能得出结论，因为月光很微弱，她看不太清楚。就这样，她转身离去，没有对王子做哪怕一个字的解释就回宫了，似乎根本没有意识到他的存在。王子只能带着满肚子的困惑不解和难过回到栖身的岩洞。

第二天，公主做了更细致的观察。哎呀！这下更加剧了她的担心。她看到河岸十分干燥，岸边的草和岩石间蔓生的植物都已经开始枯萎。她令人沿着河边做上标记，然后顺着各个方向，每天检查一遍；最后，可怕的想法变成了确定的事实——湖面真的在慢慢地下沉。

可怜的公主几乎绞尽了脑汁。现在对她来说，眺望这片湖成了一件可怕的事情。她是如此深爱这片湖，远胜于一切有生命的事物，而它就在她眼前一天天濒临死亡。它渐渐地下沉，慢慢地消失。以前从未看到的石头，开始从清澈的湖水中露出尖尖一角，在阳光的曝晒下很快变得干干的。想想都觉得可怕——那湖底的泥巴很快也会像这样暴露无遗，任由阳光肆虐；所有可爱的生灵都将死去，而丑陋的家伙都将苏醒，仿佛到了世界末日。如果没有湖水，太阳将会显得多么灼热啊！想到以后不能在湖中畅游，这让公主无法忍受，日见憔悴。她的生命似乎也在随着湖水一同消减，湖水每消失一成，公主便憔悴一分。人们纷纷说道，要是湖水彻底消失了，公主恐怕挨不过一个钟头。

但是，公主还是没有落下一滴眼泪。

一份告示传遍全国，无论是谁，只要能找出湖水消减的原因，就会重重有赏。韩笃笃和寇珂珂自告奋勇搬出他们的物理学和玄学，希望能找出一些端倪，但都无功而返。两个人猜都猜不出一个真正的原因来。

实际上这件事情的罪魁祸首就是老公主。当她得知，她的侄女在湖里找到了非同寻常的乐趣时，她的肺都要气炸了，为自己没想到这一点，咒骂了自己一千遍。

她说："不过，我很快就会把一切搞定的。国王和他的子民都会被活活渴死，他们的脑汁就在脑壳里等着被煎炸煮沸吧。"

她发出一阵凶残可怕的笑声，吓得她那只黑猫背上的毛全都立起来了。

于是，她走到屋子里一个破旧的柜子前面，打开它，从里面取出一片看似海草的东西。她把这东西丢进一盆水中，接着往水里投入一些药末，然后伸手进去搅动起来，嘴里用恐怖的声音念念有词，这些话恐怕还有更为恐怖的含义。然后她把盆丢在一边，从柜子里取出一大串百十把锈迹斑斑的钥匙来，她颤抖的手弄得这些钥匙叮咚作响。她坐了下来，开始给这些钥匙上油。在她做完这件事情以前，盆里的水在她搅动的惯性之下始终保持着缓慢的转动。就在这时候，一条灰色的巨蛇从盆里慢慢地探出了脑袋，爬了出来。但是老公主没有察觉。大蛇从盆里爬出来，一前一后扭动着身体慢慢地滑动过来，最后爬到老公主的身边。当它把脑袋搭在她肩膀上，对着她的耳朵吐出舌头，发出一阵低低的嘶嘶声时，老公主一下子尖叫起来！不过，这是开心的尖叫，她看到巨蛇的脑袋靠在自己的肩膀上，便一下子把它拽了过来，亲了亲它。接着她一手把整条蛇从盆里拽出来，缠在自己身上。这是一条黑暗白蟒，难得一见的可怕家伙。

老公主立刻起身拿着钥匙来到地窖，她一边打开门上的锁一边自言自语道：

"这才是有盼头的活法！"

把身后的门锁上后，她便沿着台阶走进地窖，穿过一条小道，把黑暗中的另一道门用钥匙打开。她走进去，把这道门锁上，然后继续往下走。如果有人一直跟着这位邪恶公主的话，他会看着她整整打开一百道门，而且每次走过去又会回头再把门锁上。当她把最后一道门锁上的时候，她来到了一个巨大的洞窟之中，巨大的天然石柱支撑着这里的洞顶，而这个洞顶就在那个湖的正下方。

她把蛇从身上解下，拎着尾巴高高地举起来。可怕的怪物伸长脑袋，刚好能够触到洞窟的顶部。接着，它开始前后摆动脑袋，还慢慢地抖动着身子，似乎在找些什么。与此同时，老公主开始绕着洞窟走来走去，渐渐地一点点靠近了圆圈的中心。这时候，巨蟒的脑袋就在洞顶上留下相同的轨迹，因为她一直都举着巨蟒。巨蟒不断地微微颤动。她走呀走，走了一圈又一圈，每转一圈，圆圈就会缩小一点，最后，巨蟒突然蹿了起来，冲向洞顶，一口咬住。

"这就对了，我的美人！"老公主大叫道，"给我吸干它。"

老公主随巨蟒去折腾，就让它挂在那里，自己找了一块大石头坐了下来，抱起她的黑猫。这个小家伙一直跟着她绕着洞窟跑，此刻靠在了她的脚边。老公主接着开始皱起眉头嘀咕一些可怕的咒语。巨蟒挂在那里就像是一只巨大的水蛭，在岩石上拼命地吮吸。黑猫在一旁把背弓着，它的尾巴就好像是一根绳索，一动不动地向上指着巨蟒。老公主就这么一直坐着，皱着眉头念念有词，她们就这个样子持续了几天几夜……突然，巨蟒像是精疲力竭一样从洞顶掉了下来，不断地收缩干瘪，最后又变成一块干瘪海草的样子。老公主这才起身站起，把它拾起来，放进口袋里，然后看了看洞顶。刚才巨蟒吮吸的地方有一滴水珠在那里颤动。老公主一看到水珠，立刻带着黑猫转身就跑。她手忙脚乱地一把关上门，锁上，接着念叨起几句可怕的咒语，就冲向下一道门，再接着把门锁上，念上几句咒语……就这么穿过一百道门，最后回到了地窖。她一屁股坐在了地上，差不多要昏过去了，不过还是带着幸灾乐祸的快感听着水流的咆哮，就是隔着一百道门她还是可以清楚地听到。

不过，这还远远不够。现在既然已经享受到复仇的快感，她也就一发不可收拾了。她不能等下去了，如果不采取进一步的手段，湖水还是要等很长时间才会消失。于是就在第二天夜里，当最后一弯细细的下弦月升起的时候，她把一些用来苏醒巨蟒的药水装在一个小瓶子里，带在身上，让黑猫跟着她一起出发了。在清晨到来之前，老公主绕着湖转了整整一圈，她越过每一条溪流，念叨着可怕的咒语，并且把瓶子的药水洒几滴到水流中。当她走完一圈的时候，又念了一遍咒语，然后将一捧药水洒向月亮。于是全国每一眼泉水都不再跃动喷涌了，如同将死之人的脉搏一样停止了跳动。第二天，湖边就再也听不到山涧溪流的声音了。每一条沟渠都干涸了，山岩上、黑色的崖壁上再也不是水光粼粼的了。而且不只是大地母亲的泉眼停止了涌动，就是全国上下所有小宝宝的啼哭也都变得很可怕——光有哭声没有眼泪。

12. 王子在哪里?

自从那一夜，公主匆匆地离开以后，王子就再也没有和公主打过一个照面。他在湖里看见过她一两次，但是每到他可以看清楚的时候，公主又消失在夜里了。他坐下来唱着歌，徒劳无功地找着他的涅瑞伊得斯。而她就像真的涅瑞伊得斯，和她的湖一起消失不见了——随着它下沉而下沉，随着它干涸而干涸。最终王子也发现了湖的水位在发生变化，他感到了震惊和困惑。

他不知道是因为一位姑娘抛弃了湖，所以湖水就消失了；还是因为湖水干涸了，所以姑娘才不再来了。不过他决定，一定要弄明白这一切。

王子乔装打扮了一番，前往王宫，要求见王宫总管。他的要求立刻得到了满足，王宫总管是一个有些洞察力的人，感觉出王子的求见远非他自己所说的那么简单。他同样感觉得出，目前有一个大麻烦，还没有人能够知道从何处找到解决办法。就这样，他同意了王子的请求，允许他为公主擦鞋。王子要求这份轻巧的工作实在是很聪明，因为公主可不像其他的公主那样整天脚沾地。

他很快就知道了所有关于公主的事情。他有些六神无主，不过在湖边漫步了几日，又在仅存的一点湖水中游过泳之后，剩下可以做的，只是把一双双从来都不会被穿到的精美靴子擦得锃亮而已。

公主一直就待在她的房间里，窗帘放下来，遮掩住日渐干涸的湖泊，而公主的想法却一时一刻也无法被遮住。她魂牵梦萦的湖仿佛就是她的灵魂，带着她一起干枯了，先成为泥土，然后成为狂乱和死亡。她反复想着这一变化，以及所有将紧随而来的可怕后果，直到心烦意乱。关于那个王子，她已经把他给忘了。无论她和王子一起在水里时是多么地快活，如果湖没了，她对他一点都不在乎。并且，她似乎也同样把父王和母后都给忘了。湖水一天天在减少，小的泥淖开始浮现，散落在闪亮的水面中，反射出点点光芒。这些泥淖很快结成大块的泥巴，越来越大，渐渐连成一片，四下夹杂着石块。挣扎的鱼儿和翻滚的鳝鳗一起挤在还有水的地方，人们在湖里窜来窜去地抓它们，或是四处搜寻那些过去从王室游船上落入湖中的宝贝。

最终，湖水都流光了。只有湖底最深的地方还有一些水洼没有干涸。

有一天，一群小孩子跑到湖正中央的一个水洼边上玩。这是一个相当深的石头池子。他们向里面看，结果看到池底有什么东西在阳光的照射下发出金光。一个小男孩跳进水里，一个猛子扎下去。原来那是一个上面写满字的金质盘子。他们把盘子交给国王。只见盘子的一面写着这样几行字：

独死之死可救赎。
爱之死，爱之勇气——
爱可填极致之墓。
爱于浪下永不腐。

这些话对于国王和他的臣子们来说实在是太费解了。不过好在盘子的另一面还有一些解释，是这样写着的：

"如果湖水将要消失，人们必须找到湖水流走的那个洞。任何通常的做法都无法阻止湖水流走。只有一个办法——一个活人的躯体可以止住水流。这个人必须自愿献出他自己，而升起的湖水必会取走他的生命。如果王国中没有一个英雄挺身而出，湖水就将干涸。"

13. 我来了

对于国王来说，这是一个令人沮丧的发现，倒不是他不想让谁去做这个牺牲，而是他根本就没指望找到一个愿意牺牲自己性命的人。然而时不我待，无论如何，公主正一动不动地躺在床上，什么药也没有用，除非湖水回来。这是唯一的救命稻草。于是国王下令将那个金盘子上的预言内容昭告全国。

然而，没有一个人自告奋勇地站出来。

这些日子，王子离开王宫去了森林，去拜访一位他来纳格贝尔旅途上遇到的隐士。他回来之后才听说预言的事。

他坐下来想了想：

"如果我不去的话，她就会死掉，没了她，我活着也没什么意思，所以做这件事情对我来说没有什么损失。她又会和以前一样开心地活着了，她会很快就忘记我。这个世界上还有那么多奇妙美丽的东西！我肯定，再也看不到了。"想到这里，可怜的王子叹了一口气，"月光下的湖是多么地可爱，那个女孩在湖里简直就是充满野性的女神化身！我猜，一寸寸地被水淹没也不是一时半会儿就能搞定的。让我看看，要淹个七十英寸才把我淹死哦。"想到这里，他想挤出一点笑容，但是他做不到。"不管怎么说，越久越好。"他继续想道，"为什么不请求让公主一直陪在我身边呢？我可以再见她一次，没准还能亲亲她，天知道。最后在她的目光中死去，也没有多可怕。至少，到时候我就完全感觉不到了。为了再见公主一面，就去把湖填了！对！就这么办。"

他亲了亲公主的靴子，把它们放下来，起身赶往国王的房间。一路走过去，王子想到，所有伤感都只会带来更多的不愉快，于是他决定要若无其事地把整件事情做完，什么都不去想。他敲了敲国王会计室的门，而这时候打扰国王差不多是罪不可恕的。

国王听到有人敲门，很快站起身来，生气地打开了门。看到是一个擦鞋匠站在门口，他立刻拔出宝剑。在这里，我不得不解释一下，只要国王觉得自己的尊严受到了威胁，拔出宝剑就是他维护权威的常用方式。不过王子面不改色地站在那里，眼睛眨都不眨一下。

"尊敬的陛下，我是您的奴仆。"他说道。

"我的奴仆！你这个撒谎的无赖！你到底在说些什么？"

"我是说，我要去塞住那个大瓶子。"

"这小伙子疯了吗？"国王大叫道，举起了他的宝剑。

"我将做一个塞子——瓶塞——随您怎么叫，塞进那个漏了的湖，伟大的君主。"王子说道。国王的情绪非常激动，以至于一时无法冷静下来。不过他意识到，在这紧要关头杀掉唯一愿意挺身而出的人，会是很大的浪费，反正这个粗野的小伙子无论最后是死在他这个国王的手上，还是死在湖里，都是一样的。"哦！"国王终于说话了，他不太利索地把宝剑插回剑鞘，因为那是一把很长的宝剑，"我很感谢你，你这个年纪轻轻的傻瓜！要来杯葡萄酒吗？"

"不，谢谢。"王子答道。

"很好！"国王说道，"你要在这之前先回去一趟，看看你的父母吗？"

"不，谢谢。"王子说道。

"那么我们立刻就去找到那个洞眼。"国王陛下说着，就要召来随从。

"别急，尊敬的陛下，我有一个条件。"

"什么！"国王大声说道，"一个条件！和我谈条件！你怎么敢这样说话？"

"随便您，"王子说完，很沉着地转身走了，"祝您能过一个愉快的早晨。"

"你这个无耻的人！我要把你塞进麻袋，然后用你堵住那个洞。"

"很好，国王陛下。"王子答道，语气稍微恭敬了一些，以免过于激怒国王，反而让自己失去了为公主去死的荣幸，"不过那对您有什么好处呢？请别忘记那段预言中可是说了，必须要牺牲者自愿献出他自己。"

"好啊，你就把自己献上吧。"国王回答道。

"是的，不过有个条件。"

"还要谈条件！"国王勃然大怒，又一次拔出他的宝剑，"滚！自然有别人乐意顶替你获得这份荣耀。"

"国王陛下，您知道要再找到一个人来取代我并不是一件容易的事。"

"好吧，说说你的条件。"国王吼道，因为他觉得王子的话也有道理。

"是这样的，"王子答道，"到时候，在我完全沉入水中之前，我是绝对不能先死的，这份等待将是相当乏味的，公主，您的女儿，这时候要陪着我，亲手喂东西给我吃，不时地看着我，好给我一点安慰。因为您必须承认那份等待是相当艰辛的。等到湖水漫过我的双眼，公主就可以离开我，过幸福的生活了，再也不用去想她可怜的擦鞋匠了。"

王子的声音有些颤抖，尽管他已经下定决心，但心中还是饱含伤感。

"你怎么不早告诉我，就是这么一个条件？这简直不值一提。"国王大声说道。

"您这是同意了？"王子将信将疑地说道。

"我当然同意了。"国王答道。

"很好。随时为您效劳。"

"走，先去吃饭，然后我就派人去找到那个地方。"

国王立刻下令派地方官员去湖里找那个洞。于是整个湖床被划成几个区域，彻彻底底地被搜查了一遍，花了约莫一个钟头就找到了那个洞眼。这个洞在一块石头中央，在湖中心附近，就在找到金盘子的那个水洼里。这是一个三角形的不太大的洞眼。石头四周都是水，但是从洞眼里流出来的水却非常少。

14.你真好!

王子决定为了这一刻穿戴体面，因为他觉得即使死也要死得像一个王子。

公主听说有人自愿为她献身，有些喜出望外，她虽然已经很虚弱了，还是一下子从床上跳起来，开心地在房间里打转。她并不在乎那个男人是谁，对她来说那是无所谓的事。那个洞会被堵住，要是必须有一个人那么做，好啊，就让他去。过了约莫一两个钟头，一切准备妥当。侍女匆匆为她准备好了一切，然后把她领到湖边。当她看到湖的时候，发出了一声尖叫，一下子用双手捂住了脸。人们把她抬到湖中间的石头边，那里已经为她预备好了一只小船。

湖水还不足以托起这只小船，但是大家希望不久以后就可以了。他们把公主放在一些软垫子上，在船里摆好葡萄酒、糕点和其他一些好东西，并在船上支起一个遮阳篷。

过了一会儿，王子出现了。公主一下子认出他来，但是并没打算花时间去感谢他。

"我来了，"王子说道，"把我放进去吧。"

"他们告诉我你是一个擦鞋的。"公主说道。

"就是我，"王子说，"我每天都把你的小靴子擦上三遍,因为它们让我感觉到你就在我身边。把我放进去吧。"

群臣们没有埋怨他的坦率,只是交头接耳认为他这样说话有些轻浮。

但是要怎么样把他放进洞去呢?金盘子上并没有关于这个的指示。王子看了看那个洞,知道只有一个办法。他把双脚放进去,坐在石头上,然后向前一躬身落入洞中,再用双手将剩下的空隙堵住。他就以这样一种不舒服的姿势,毅然决然地接受了自己的命运。他扭头对人们说:

"现在你们可以走了。"

这时候,国王早就已经回宫用膳了。

"现在你们可以走了。"公主像只鹦鹉一般,在他身后重复道。

人们听从她的命令,都走了。

这时候,一个小水花从石头缝隙冒出来,打湿了王子的一个膝盖。但他并不是很在意,并开始唱起歌来。他的歌是这样唱的:

　　就如世界没有井眼

　　森林幽谷了无阳光;

　　就如世界没有光芒

潺潺小河不再流淌；

就如世界没有希望

浩瀚海洋失去波浪；

就如世界再无雨天

晴朗平原一片空旷——

如果你心中不再有爱流淌，

我的心啊，你的世界就会变成这样。

就如世界没有声音

地下小涧一片宁静；

就如水泡不再喷涌

黑暗之中全是沉寂；

就如河水不再流淌

再也没有波涛汹涌；

就如没有细雨绵绵

落在山毛榉的顶端；

就如海水不再汹涌

从此再无惊涛骇浪——

如果你的心里不再有爱歌唱，

我的灵魂，你的世界就会变成这样。

女神，是你让世界一直幸福快乐，

让我眼前一直碧波荡漾。

爱让我奋勇向前，去闯啊闯，

为此，哪怕虎穴龙潭，

哪怕穿过黑暗永不回来，

也要让湖水重又晶莹欢腾！

让我祈求啊，有个人会想起我，

如同春天，一点点涌出，在你心中；

滋润你没有爱情的灵魂，

弥合那裂痕斑斑的大地。

"接着唱啊，王子，这样就不会觉得太无聊。"公主说道。

但是王子的感情实在难以自制，无法再唱下去了。一时间，他们沉默了许久。

"你真好，王子。"最后，公主十分冷静地说道。这时候，她躺在船里，眼睛微微闭上。

"我很难过我无法回答这番称赞，"王子想道，"但是为你去死是值得的，无论如何都是值得的。"

一个小水浪冒出来，接着又是一个，然后一个一个地从石头缝里冒出来，把王子的两个膝盖都打湿了，不过他既没有抱怨也没有挪动身体。就这样一个、两个、三个钟头过去了，公主显然已经睡着了，而王子却十分地有耐心。不过他觉得这样的状况很让人失望，因为他本来指望会有的稍许安慰，现在连一丁点都没有。

最后，他再也无法忍受了。

"公主！"他喊道。

公主醒过来，一起身，立刻惊叫道：

"我漂起来了！我漂起来了！"

小船渐渐地从石头上浮起来了。

"公主！"王子又喊了一句，看到她醒了过来，如此热切地看着湖水，又有了勇气。

"怎么了？"公主说道，但是并没有朝他看去。

"你的父王答应过我，你会一直照看着我，可是你一直看都不看我一眼。"

"他这么答应的？那么我想我也要那么做的。不过我真的觉得好困啊！"

"那你睡吧，亲爱的，别管我。"可怜的王子说道。

"真的，你实在是太好了，"公主答道，"我觉得我又要睡一会儿了。"

"那么请先给我拿一杯葡萄酒和一份点心吧。"王子十分客气地说道。

"乐意之至。"公主一边说一边打着哈欠。

她取来葡萄酒和糕点，然后斜倚着船舷靠向他，这时候，她就不得不注视着他了。

"啊，王子，"她说道，"你看起来不怎么好！你真的不要紧吗？"

"一点都不要紧，"他回答道，显得相当虚弱，"如果我不吃点什么的话，恐怕在能帮到你之前就要死了。"

"来，给你。"公主说着，把葡萄酒递给他。

"啊！你得喂给我吃。我不能腾出手来吃东西，水会趁机流走的。"

"好的，我的天哪！"公主说着，立刻把点心一点一点掰给他吃，把葡萄酒一小口一小口喂给他喝。

在公主喂他的时候，王子不时地设法亲吻到她的指尖。因为这样或者那样的原因，公主似乎对此并不在意。王子觉得心里美美的。

王子说："公主，现在为了你好，我不能让你睡过去。你要坐在这里看着我，以免我支撑不下去。"

"好吧，所有能够报答你的事情我都会做。"公主殷勤地娇声答道。然后她坐下来，就这么看着他，一直极为坚定地看着他，凝视着一切。

太阳落山了，月亮升起来，水"咕噜咕噜"地涌出来，湖水渐渐升到了王子的腰部。

"为什么我们不去游一会儿？"公主说道，"看起来这里的水已经够多了。"

"我再也不能去游泳了。"

"哦，我忘了。"公主回答，然后就不说话了。

湖水越涨越高，慢慢从王子身边升起。公主坐在那里看着他，不时地喂东西给他吃。夜幕渐渐降临，湖水越升越高，月亮也同样越升越高，月光照耀在即将死去的王子的面庞上。这时候湖水已经没到他的脖子了。

"你愿意吻我一下吗，公主？"他极为虚弱地说道。

那暗淡的眼神已经随波而逝了。

"是的，我愿意。"公主说完，给了他一个长长的、甜甜的、凉凉的吻。

王子带着满意的叹息声说："这下，我可以幸福地死去了。"

王子没有再说话。公主给他喝了一点葡萄酒，因为他刚吃过一点东西。接着她又坐了下来，看着王子。湖水继续上涨，这次碰到王子的下巴……又碰到他的下嘴唇，现在碰到他的双唇之间了。他紧紧闭上双唇不让水流进去。公主心里有了些奇怪的感觉。片刻之后，湖水没过了王子的上嘴唇，他只能用鼻孔呼吸了。公主看上去有些焦躁不安。紧接着，湖水没过了王子的鼻孔。公主的眼睛露出恐惧，在月光下发出奇怪的光芒。王子的头向后仰去，湖水盖过了他的脸，他最后的气息化作串串水泡冒出水面。公主发出一声惊人的尖叫，跃入湖中。

她先是抱住王子的一条腿，然后又抱住另一条，连拔带拽，想把王子从洞眼中拉出来，但是她怎么也拉不动。她停下来换口气，马上就想到王子已经不能再呼吸了，简直要疯了。公主抓住王子，想把他的头往水面上托，他的手现在已经不再卡在洞眼中，所以她可以做到，但是一切都已经为时过晚，王子真的已经停止了呼吸。

爱和湖水让公主恢复了全部的气力。她潜入水中，用尽全身的力气使劲地推呀推，终于把王子的一条腿拔了出来，另外一条腿也就很容易地跟着被拖出来了。她是如何将王子推入船中的谁也不知道，但是当她做完这一切的时候，就昏了过去。

过了一会儿，公主苏醒过来。她抓住船桨，尽可能让自己保持平稳，划呀划，虽然在这之前她从来没有划过船。绕过岩石，越过浅滩，穿过泥沼，最后她终于把小船划到了岸上——王宫的台阶上。此刻，她的下人们已经都等在那里了，因为他们都听到了公主的叫声。公主让他们把王子抬到自己的房间去，把他放在自己的床上，生起壁炉，然后派人去找御医。

"可是湖怎么办，公主殿下？"王宫总管问道，他听到一阵喧哗就赶来了，头上还戴着睡帽。

"你自己过去泡在水里好了！"公主说道。

这是公主唯一一次因为内疚而大发脾气。不过我们都可以理解，她有足够的理由这么做，因为总管先生的话刺痛了她的心。

就是国王本人遇到这种事情，他也不会觉得很好受。不过他和王后都已经睡熟了。于是总管就回到自己床上睡觉去了。不知何故，御医一直都没有来。于是公主和她的老保姆一起留在王子身边。好在老保姆是一个聪明的女人，她知道该做些什么。

他们花了很长时间，试了各种办法都没有成功。公主在希望和恐惧的煎熬下，心乱如麻。不过她还是一遍又一遍地试着，一个办法不行就换下一个，所有的办法都一遍遍地翻来覆去，不停地试着。

最后，当她们准备放弃的时候，就在太阳升起来的一刹那，王子睁开了眼睛。

15. 瞧，下雨了!

公主号啕大哭起来，一下子瘫倒在地上。她趴在那里哭了足足有一个钟头，眼泪哗哗地流个不停。她这辈子闷在心中的泪水一下子都宣泄出来了。就在这时，天空下起雨来，是一场这个国家从未见过的雨。太阳一直照耀着，大雨也在下着，瓢泼大雨同阳光一起倾泻而下。整个宫殿落在了彩虹的中心。雨点好似一颗颗的红宝石、蓝宝石、绿宝石和黄宝石，山上奔涌下来的洪流好似熔化的金子，湖水来不及从地下的管道流走，都溢出湖堤蔓延到了整个国家，流得到处都是。

但是公主没有去留意湖水。她躺在地上哭泣着，这房间里面下的雨可要比外面的灿烂得多了。

过了一会儿，稍微好了一点点的公主想要爬起来，结果惊讶地发现，自己竟然爬不起来了。最后，费了好大的劲，她终于站了起来，但是立刻又把自己给绊倒了。听到公主摔倒，公主的保姆发出了一声开心的尖叫，一边跑过去扶她起来，一边大声喊道：

"我亲爱的孩子! 你找到重力了! "

"哦，真的! 那是真的吗? " 公主说道，捎了捎肩膀和膝盖，"我觉得十分不舒服。我想我已经被撕成碎片了。"

"好哇！"王子从床上喊出声来，"你已经复原了，我也一样。湖水怎么样了？"

"都漫出来了。"保姆回答道。

"那么我们都幸福了。"

"是的，我们真的幸福了。"公主一边抽泣着一边回答。

在那么一个下着雨的日子，举国上下一片欢腾。就连小宝宝们都忘记了他们过去的不愉快，激动得又跳又唱。国王讲着故事，王后聆听着。国王把钱箱子里的金币，王后把蜜罐子里的蜂蜜都分给孩子们。这样的庆贺是前所未有、闻所未闻的。

王子和公主当然立刻就订婚了。在他们找一个良辰吉日举行婚礼之前，公主还要从头开始学走路。对于她这个年纪的人来说，这可不是件轻松的事情。她走起路来还不如一个小宝宝呢，总是磕磕碰碰摔大跟头。

"这就是你平时老是挂念的重力？"有一天，王子把公主从地上搀起来的时候，她对王子说道，"在我看来，没有它我会过得很舒坦。"

"不，不是的，那不是的。这才是。"王子回答着，他一下子把公主抱起来，就像对一个小宝宝一样把她搂在怀里，深深地吻下去，"这才是重力。"

"这感觉好多了，"公主说道，"这下我没那么讨厌它了。"

公主的脸上浮现出最甜美、最可爱的微笑。她轻轻地给王子一个吻，感谢他为她做的一切。王子觉得这远远超出了他的付出，开心得忘乎所以了。

公主花了不少时间，终于能顺顺当当地走路了。而且学习走路的痛苦被两件事情正好抵消了，每一件事情都是很好的安慰。第一件事是她的老师，也就是王子本人，第二件事就是只要她愿意，她就可以落进湖里。当然，她更喜欢和王子一起跳进湖里，他们溅起来的水花可比以前的大多了。

湖水再没有降下去。随着时间的推移，湖底越陷越深，比原来足足深了一倍。

公主对她姑姑唯一的惩罚，就是后来见到她的时候，在她痛风的脚指头上狠狠地踩了一脚。就在第二天，公主听说大水把老公主的房子冲垮了，把她给活埋了。没有人敢冒险去把她的尸首挖出来，她在那里一直躺到今天。

于是王子和公主幸福地生活在一起，戴着金色的王冠，穿着绫罗绸缎，脚踩皮靴，生了好多男孩和女孩。而且我听说，他们中间不曾有一个人，在最关键的地方丢掉哪怕是一丁点的重力。

白昼男孩和黑夜女孩

白昼男孩和黑夜女孩

从前有一个女巫，她想要通晓一切。可是她变得越聪明，就越是会做些不撞南墙不回头的傻事情。她叫娲嫂，她的脑袋里有一匹狼。她倒不觉得这有什么不舒服的——只是知道有这么个家伙藏在自己脑袋里。本来她也并不是很凶残，但是那匹狼让她变得很凶残。

她个子高挑，体态优雅，皮肤白皙，有一头红彤彤的头发和一双乌黑的眼睛，双眸中闪耀着红色的火焰。她身板结实，可时不时地会突然弯下身，战栗着蹲下来扭头向身后张望，就好像那匹狼从她的脑海里钻出来，趴到了她的背上。

2. 晨曦

有两个客人住在女巫的城堡里。一个是来自宫廷的贵妇，她的丈夫被派到一个遥远而偏僻的国家做大使去了。另一个是位年轻的寡妇，她的丈夫刚刚去世，她自己也双目失明了。娲嫂把她们分别安置在城堡里不同的地方，她们都不知道对方的存在。

城堡位于一个小山坡上，山坡渐渐地延伸到一个 W 形的山谷中，那里有一条时刻欢唱着的小河，河道里布满了大大小小的鹅卵石。四面围着高墙的花园就坐落在河岸边。高墙在河畔那儿闭合，每堵墙都有两排墙垛，墙垛之间是狭长的步行道。

在城堡最高的一层，那位宫廷贵妇——晨曦夫人住在朝南的大套间中。伸出房间的凸肚窗高悬在花园上方，从那里望去，可以越过小河，把四周看得通通透透。山谷的另一边是陡峭的悬崖，但是并不太高。再远一点，映入眼帘的则是皑皑雪峰。晨曦夫人虽然很少离开这几个房间，但是这里开阔空旷，清亮的景色和天空、充沛的阳光以及各式各样的乐器、书籍、图画、古玩，再加上娲嫂的陪伴，让她着了迷，一切黯淡和不愉快的情绪都消失得无影无踪。

她吃的是地上跑的鹿、天上飞的鸟，喝的是洁白无瑕的牛奶、晶莹剔透的气泡酒。

她披着一头卷曲的金色秀发，皮肤白皙，但是不像娲嫂那样苍白。她的眼睛就好像湛蓝的天空，细腻的面庞显出悠然的神态，嘴唇丰满，有完美的曲线，脸上若隐若现地带着几分微笑。

3. 暮霭

城堡的背面是一座突兀的小山，东北面的塔楼紧挨着山岩，并且和山脉贯通为一体。岩石中是一连串的石头房间，这些房间只有娲嫂和一个叫菲尔卡的女仆知道。建造这些石头房间的是城堡以前的主人，他们仿照埃及法老墓室的样式建了这些房间，差不多也是一样的设计。可以看到，所有石屋的中央是一个大小仅能容纳下一个石棺的空间，被厚厚的围墙与其他房间分隔开。那些房间的四面墙和天花板上都刻有浅浅的浮雕，并且被细致地涂上了颜色。那位双目失明的暮霭夫人就住在这里。暮霭夫人的眼睛是黑幽幽的，有着长长的黑色睫毛；她的皮肤看上去是暗银色的，那种最纯净的银质色调；她的头发是乌黑的，如瀑布般直泻下来；她的面容秀雅，而悲伤使得她看上去——即使不是很美丽，也显得很迷人。她的模样似乎总是在渴望着就此躺下，永远不再起来。她并不知道自己住在一个坟墓中，尽管她时不时地会觉得奇怪，为什么总是碰不到一扇窗子呢？房间里有很多长椅，上面铺着最华丽的丝绸，给人的感觉就和她的脸颊一般轻柔。屋里的地毯厚厚的，只要她愿意，可以躺倒在任何地方——这和坟墓里倒是一

致的。这里既干燥又暖和，通风也很好，所以空气总是新鲜的，缺的就只是阳光而已。女巫给她送来牛奶和红宝石般的葡萄酒，还有红石榴和紫葡萄以及栖息在沼泽地带的野禽。女巫迎合着暮霭夫人伤感的情调，还用悲伤的小提琴曲为她伴奏，给她讲述悲惨的故事，让她总是沉浸在忧伤的氛围中。

4. 光芒

　　娲嫂总算如愿以偿了，女巫们总是会得到她们想要的东西——美丽的晨曦夫人生下一个漂亮的宝宝，他正好是在旭日初升的时候睁开了双眼。娲嫂立刻把他抱到城堡的另一头，然后骗晨曦夫人说，孩子一生下来，哭都没有哭一声就死掉了。悲痛欲绝的晨曦夫人稍稍缓过神来，就立刻离开了城堡，而娲嫂再也没有邀请她回到城堡里来。

　　这下女巫操心的就是不能让孩子知道黑暗。多番努力之下，她终于让孩子做到白天绝不睡觉，而夜里绝不醒来。她不让他看到任何黑色的东西，哪怕是暗色调的也不行。要是可能的话，她都不会让他碰到影子。她看见阴影就如临大敌，好像它们是什么可以伤害到他的活物。小宝宝整天在大太阳下面晒着，就在他的妈妈曾经住过的那个大房间里。娲嫂让他一直晒着太阳，晒到连一个非洲黑人都受不了的地步。天气最热的时候，她还把他脱光放在太阳下面，好像他可以像桃子那样熟起来。孩子很喜欢这样一丝不挂的，给他穿衣服的时候他总是拼命地挣扎。娲嫂用尽全部能耐，让他的肌肉变得发达而富有弹性，可以快速地反应。她笑着说，他的灵魂坐阵在每一根肌肉纤维上，遍布全身每一个地方，随时整装待发。他的头发是红铜色的，但是他的眼睛却随着年龄的增长越来越黑，最后就好像暮霭夫人的一样黑了。他是最快乐的家伙，总是哈哈大笑，总是感情充沛，间或有一丝狂暴，继而又重新开怀大笑。娲嫂叫他光芒。

5. 幽夜

在光芒出生的五六个月之后，暮霭夫人在幽暗的夜里生下一个宝宝——在这个四下无窗的墓室中，在暗夜的死寂中，借着雪花石灯罩中的一点微弱光线，一个女孩带着哀泣来到了这片黑暗中。当宝宝获得生命的时候，暮霭夫人得到了第二次新生。她去了另一个她未知的世界，而我们这个世界对她的孩子来说，也同样是未知的。如果小宝宝要见到她的母亲，就得再一次投胎转世才行。

娲嫂给小宝宝起了一个名字——幽夜，她和暮霭夫人长得要多像有多像，几乎一模一样，她有着同样暗色调的皮肤、黑黑的睫毛和眉毛、乌黑的头发，还有同样温顺忧伤的神情。但是她有一双晨曦夫人——光芒的母亲——的眼睛，而且随着她年龄的增长，虽然眼睛的颜色越来越深，但也只是更深的湛蓝色。靠菲尔卡帮忙，娲嫂尽最大可能小心地呵护着她。一切都按照她的计划进行着，最关键的一点，就是不能让她见到任何光线，除了微弱的灯光。因此她的视神经，乃至她的整个眸子，变得越来越大，也越来越敏感。她的眼睛，要不是因为实在太大了，恐怕还不会停止变大。在她的黑发下，那一双眼眸看起来就像多云的夜空中留出的两大片空隙，透过它们，可以窥见星星闪烁的天堂，没有一朵云彩的遮蔽。她是一个惹人疼爱的小可怜。除了女巫和她的忠实仆人菲尔卡，世上再没有第三个人知道这么一个小可怜的存在。娲嫂教会她在白天睡觉，到夜里醒来。娲嫂还教她音乐，因为女巫对音乐也很精通。可其他的一切知识，娲嫂却基本上都不让幽夜知道。

6. 光芒是如何长大的

娲嫂的城堡所在的山谷与其说是群山中的峡谷，倒不如说是高原上的沟壑，因为城堡陡峭的两端——北边和南边都是高原，一眼望去，无边无际。高原上是茂密的青草和成片的鲜花，不远处还有一片树林，那是一片大森林的边缘区。这蔓草丛生的高原是世界上再好不过的狩猎场地了。成群结队、个头不大但是精力充沛的野牛，长着乱蓬蓬的鬃毛，四处游荡。这儿有很多羚羊和角马，还有身材小巧的狍子，树林里更是聚集了各种各样的野兽。城堡的餐桌主要就是由这些美味堆满的。娲嫂的猎户首领法古是一个出色的家伙，当光芒一天天长大，娲嫂再也教不了他什么的时候，就把他交给了法古。法古打算把自己一生所学都教给光芒。他给光芒配上一匹又一匹小马驹，随着孩子一天天长大，他也一点点增大马的体形，而且每一匹都比前一匹更不听话。就这样，从小马驹到小马，从小马到大马，到最后，哪怕是乡野出产的烈马也照样会被光芒制伏。法古用同样的方式教会了光芒如何使用弓和箭，每过三个月就换一把更强的弓和更长的箭。很快的，哪怕是骑在马背上，光芒用起弓箭来也是百发百中。年仅十四岁的时候，光芒就杀死了一头公野牛，所有的猎人都一起为他欢呼。实际上，整个城堡上下，他是大家最宠爱的宝贝。每天只要太阳升起来，他就会出去打猎，而且一出去差不多就是一整天。娲嫂对法古下了一条死命令，那就是，无论光芒如何哀求，太阳落山以后都不许带他出去，也不许让他因为玩得太晚而产生好奇——想知道太阳落山以后会发生些什么。对这条命令，法古当然是小心翼翼地遵守，不敢违背一丝一毫。即使这条汉子面对一整群全速狂奔来的野牛，而箭袋中一支箭也不剩的时候，也不会颤抖一下，

但他十分畏惧这位女主人。当她用一种特别的方式盯着他的时候，他觉得他的心脏就好像要在胸腔里化为灰烬，血管中流动的也不再是血液，而是牛奶和水。不久，光芒又长大了一点，法古开始坐不住了，因为他发觉这个年轻人越来越难以管束。他的整个生命，正如法古对他的女主人说的那样，与其说是一个人，还不如说是一团活生生的霹雳。这正合娲嫂的心意。他不知道什么是害怕，但并不是因为他不知道什么是危险。他已经被野猪剃刀般的獠牙在身上留下了一道巨大的伤疤，不过在法古带着护具赶来之前，他已经用猎刀把野猪的背脊砍成两段了。当他策马冲进公牛群中的时候，身上只带着弓和短剑。他总是一箭射入牛群，然后就追赶上去，好像想要得到逃跑者身上的箭杆一样，一直追到受伤的野兽想要掉头时，才用剑给予致命的一刺。法古惊恐地想到，要是光芒知道那些在森林中出没的长花斑点的猎豹和利爪如刀子般的猞猁的诱人之处时，又该会有怎样的举动。这个小子从孩提时代就沉湎在阳光下，受法古的言传身教，早已习惯了用一种所向无敌的勇气去对待一切危险。因而，等光芒到了十六岁的时候，法古只好壮着胆子去恳求娲嫂，请她把命令直接下达给这个年轻人，这样他身上的担子就能卸下来了。按照他的说法，要是有人能管住光芒，肯定也就能一下子拦住黄褐色鬃毛的狮子。娲嫂把小伙子叫来，当着法古的面下令，不许他在太阳的边缘挨到地平线的时候出去，顺带也禁止了其他类似的事情。这些命令尽管含糊其词却非常可怕。光芒恭敬地听着。但是，在既不懂得恐惧的滋味，也没有见识过诱惑夜晚的年轻人听来，这番话也不过是些唠叨而已。

7. 幽夜是如何长大的

娲嫂并不打算让幽夜受多少教育，只是口头上教她几个单词。她倒不是觉得应该等到光线充沛的时候才能让幽夜看书，而是出于其他没有说出来的理由，娲嫂也从来没有把一本书放到幽夜的手中。然而幽夜的眼神要比娲嫂所猜想的好得多，那点微弱的光线对她来说已经很充沛了，她自己学会了识字后，又设法哄得菲尔卡教会她拼写，菲尔卡也时不时地会带给她一本小人书。不过她最大的乐趣还是弹琴。她的手指很喜欢这样的演奏，在键盘上四处游走，就好像觅食的绵羊。她无忧无虑，因为她除了自己居住的这座坟墓之外，对整个世界一无所知，并且对自己做的每一件事情都感到快乐。尽管如此，她还是渴望知道更多的、不一样的东西。她不知道那是什么，就此她能表达出来的最贴切的说法就是——她想要更多的房间。既然娲嫂和菲尔卡可以映着灯火离开她，然后又再次来到这里，那么一定在什么地方还有别的房间。每当她独自一人的时候，就会开始凝视墙壁上色彩斑斓的浮雕。那些具有象征意义的几何图案呈现出大自然的各种力量，这世间的一切形象都来自无穷无尽、生生不息的大自然。而她控制不住

　　的思绪，时常会想象一下那些图案和形象之间某些飘忽不定的联系，就这样，她窥见了真实世界的一部分投影。

　　然而有一样东西给了她其他所有东西都不能给的感觉——就是那盏灯，那盏挂在天花板上的灯。它总是亮着，尽管她无法看到那雪花石灯罩中央微小的一点火苗。除了灯光的跳动，还有灯罩的朦胧、灯光的柔和，都让她有一种感觉，好像她的目光可以走入那一片白茫茫之中。这多少可以显出那种和"房间"有关的空间概念。她可以坐在那儿一整个钟头，就只是盯着那盏灯，而她这样凝视的时候，就不由得会心潮澎湃。她想知道究竟是什么害得她的脸庞被泪水打湿，接着又会想知道，如果对这些一无所知，她会受到怎样的伤害。不过只是她一个人待着的时候，她才会这样去盯着那盏灯。

8. 灯光

　　既然蜗嫂下过命令，她就以为一切都遵命就行了——
菲尔卡整晚整晚地陪着幽夜，那时候是幽夜的白天。但是
菲尔卡可没有养成白天睡觉的习惯，也就经常半夜把女孩
子一个人丢下来。这时候，对幽夜来说，就好像是那盏灯
在照看着她。因为蜗嫂从来都不允许她出去，至少当她醒
着的时候。所以幽夜对于黑暗的认识一点也不比她对灯光
的认识来得多。而且，那盏灯被安在头顶很高的地方，所
以她对阴影也不可能了解多少。有些影子是整个落在地板
上的，有些则像老鼠一样躲在四下的墙角里。

　　有一次，当她就这样一个人待着的时候，远远地传来
一阵隆隆声——她以前从没有听到过这种不知来源的声音，
这声音给她带来一个全新的景象，超越了所有的房间。一
阵颤动，接着是震动，灯从天花板上一下子落了下来，"咣
当"一声掉在地上了，她觉得好像自己的眼睛一下子紧紧
闭了起来，而且还被手遮住了。她觉得是隆隆声和震动制
造了这片黑暗，黑暗冲进了房间，扯掉了灯。她坐在那里
颤抖着。嘈杂声和震动渐渐消失，但是灯光没有再回来。
黑暗把它给吞掉了！

她的灯没了，一种渴望却立刻被惊醒了——她要离开这座监牢出去玩，虽然她都不知道"出去玩"是什么意思。从一个房间到另一个房间，这里连一道分界的门都没有，只有一个敞开的拱门，这就是她所知道的整个世界。但是她突然想起来，菲尔卡曾经说过什么灯点完了。这肯定就是她心里想的那件事，要是灯已经去"玩"了，它到哪里去玩了呢？肯定是菲尔卡去的地方，而且也像菲尔卡一样还会回来的。但是，她不能再等了，出去的渴望变得不可抑制。她也要和她美丽的灯一起出去玩！她一定要找到它！她一定要弄明白"玩"到底是怎么回事！

　　墙壁的凹洞上挂着一个帘子，那里是用来放她的一些玩具和体育用品的。娲嫂和菲尔卡总是在帘子前面出现，又在帘子后面消失。她不知道她们是怎么从坚固的墙里跑出去的。越过这面墙就是畅通的空间，可是这面墙看起来也就是墙。不过显然，她现在首先要做的，也是唯一可以做的，就是到帘子后面找条出路。四下很黑，就是最大的老鼠出现了，猫也没办法抓到。幽夜的眼睛比所有的猫都好，但是现在也完全派不上用场。她摸索的时候踩到了灯的碎片。她从没穿过鞋子或者袜子，虽然柔软的雪花石碎片没有划伤她的脚，但还是硌了她一下。她不知道那是什么，不过既然那是黑暗来过的地方，她猜想一定是和灯有关系的。于是她跪了下来，用手摸索着，把两个大一点的碎片拼到一起，认出来那是灯的形状。这下一个念头闪现出来——灯死了，眼前的破碎就是她曾经读到而不太理解的所谓死亡，黑暗杀死了灯。那么菲尔卡说灯去玩了，又是什么意思呢？灯明明就是死了，她拿在手里面的这个东西，怎么能继续看作是灯呢，除了形状，它们完全不一样！不对，这个死掉的已经不是灯了，所有构成灯的部分已经去玩了，就是说，灯里面闪亮的那些光已经不在了。那么一定就是那些光亮、亮光，它们出去玩了！这就是菲尔卡的意思，它们一定就在墙那头的什么地方。她重新振作起来，摸索着穿过帘子。

　　她这辈子也没有试图要出去过，这一回她也不知道怎么出去。但是，她凭着直觉，开始用自己的双手在帘子后面的墙上摸索，一知半解地以为可以从那儿穿过去，她以为娲嫂和菲尔卡就是这么做的。但是墙壁硬生生地推开了她，于是她转身又摸向另一边。正这么做的时候，她的脚一下子踩到了一个象牙骰子，碰巧就在刚才被雪花石碎片硌到的地方，她一个趔趄，伸开双手想撑住墙。似乎有什么东西被推开了，她跌跌撞撞地从洞里冲了出来。

9. 出来了

　　天哪！出来倒很像是进去，因为这里也有同样的死对头——黑暗。然而，过了一会儿，巨大的喜悦飘然而至——一只在花园中迷路的萤火虫飞了过来。她看到这个小亮点在远处一闪一闪，那亮光有节奏地移动。它从空中穿过，一点点地靠近过来，那动作与其说是飞行，倒不如说是游泳，而那亮光看起来就像是它的动力来源。

　　"我的灯！我的灯！"幽夜喊道，"这是我灯里面的晶晶亮，是残忍的黑暗把它赶走了。我的乖乖灯一直都在这里等着我呐！它知道我会来找它的，就在这儿等着我来接它。"

　　她紧跟上那只和她一样在找路出去的萤火虫。虽然萤火虫也不知道路在哪里，但是至少它还是亮的。而且，所有的光亮都是一体的，找到任何一点光亮也就能够顺藤摸瓜地找到更多的光亮。她把萤火虫和灯里面的精灵看作是同一种东西，也没有多大的错，它确实也是一个光的精灵，只是它有翅膀。这黄绿色的"小喷气艇"在光亮的驱动下，在她的前面跌跌撞撞地穿过一条狭长的通道。突然间，它一下子飞高了，与此同时，幽夜一下子绊倒在一道向上的楼梯前。她过去从来没见过楼梯，对于所谓的向上，完全是一种古怪的感觉。当她最后爬到似乎是顶端的地方时，萤火虫不发光了，就这样消失不见了，她又一次陷入了黑暗中。当我们跟着亮光走的时候，亮光本身就是个向导。要是萤火虫继续发光的话，幽夜就会看到楼梯的转角，然后就能继续往上走，一直走到娲嫂的卧室。但是现在，只知道向前摸索的幽夜，一下子就碰到了一扇插上插销的门，她费了好大的力气，最后终于把它给打开了。她一脸迷惘地愣在那里，心里满是困惑、畏惧，还带着几许喜悦。这是什么地方？究竟是在她的身体外面，还是被带进了她的脑海里面？在她面前是一条非常窄、非常长的通道，用她无法形容的方式蜿蜒曲折，通向四面八方，直到无穷高、无穷宽、无穷远的地方，仿佛是空间本身延伸出来的一条沟渠。这里比她的房间亮得多——比六个雪花石灯罩的灯聚在一起显得还要亮。四处有很多奇怪的条纹和板块，和她在墙上看到的那些形状完全不一样。她这是在一个愉快的思维混乱的梦中，在一种满心洋溢着幸福的冲动下，她都无法弄清自己究竟是用双脚站立着还是像萤火虫一样飘浮着。不知不觉中，她迈开一步跨过门槛，这个从生下来就过着穴居生活的女孩，此时站在了让人陶醉的南方明净的夜空下，头顶一轮圆月。那不是我们在北方天空中看到的月亮，仿佛熔炉中灼热的银子，而是一轮银盘似的月亮——感觉并不遥远，宛如一个扁扁的碟子贴在蓝色的天幕上，半挂在空中，仿佛一个人稍稍扬起脖子就可以把它看个通透。

"这是我的灯。"她喃喃地说道，傻傻地站在那里，嘴巴也合不拢了。她注视着，觉得仿佛自己就要在这里一直站下去。

"不对，这不是我的灯，"过了一会儿，她才缓过神来，"这是所有灯的妈妈。"她迎着月亮跪了下来，张开了双臂。她根本没办法描述脑海中的一切，但是这个举动实际上就是一种祈祷。月亮啊，你是什么——你就是挂在遥远天花板上最妙不可言的光辉，是伴着可怜的小女孩在洞穴中从出生到长大最必不可少的光环。这是重生——不，对于幽夜来说就是真正的出生。多么辽阔的蓝色夜空，布满一点点好似钻石钉帽一样的细小星光；而月亮看起来就是一个巨大的光球——啊，她对月亮和星光还没有我和你了解得多，但是就连最伟大的天文学家，也会羡慕一个人在十六岁的年纪，还能有这样一种大开眼界的狂喜。这一刻有多少缺憾是无法衡量的，但这种印象绝对不会有错。她看到的，正是眼睛生来就该看到的，而且这恰恰是很多人因为太精明反倒总会视而不见的东西。

当她跪下来时，有什么东西在轻轻地拍打她、拥抱她、触摸她、抚弄她。她站起来，却什么都没有看到，不知道那是什么。它就好像是一名女子的呼吸。因为她还对空气一无所知，也从来没有呼吸过这个世界上源源不断涌出的新鲜空气。她呼吸的空气都是在岩石中，经过那些七转八绕的长长的通道到达她身边的。所以她一点儿都不认识这种充满活力的会动的空气——确切地说，就是夏夜的风。这风好似空灵的酒，将她整个人都灌醉了；呼吸也变成一种完美的体验。对她而言，就如同亮光也被她吸进了胸中。她为这样一个宜人的夜晚而着魔，霎时间仿佛已经和这一切融为了一体。

她正站在城堡院墙顶部的那一圈露天走廊上，就在锯齿状的墙垛之间的地方，但是她没有探出头去，看看院墙下面到底是什么。她整个灵魂已经拜倒在这个没有边际的房间和灯光之中。最后她流出一串泪珠，整颗心都平静下来，就好像夜晚本身在闪电和雨水中变得清新了。

这时，她开始深思起来。她必须把自己见到的这些隐藏起来！看守她的人对她做的事还一无所知！活着是多么幸福啊，而她们却要把一切变得像一副骨头架子！她们一定还不知道她已经看到了真相。她必须隐藏自己知晓的一切；甚至连眼神中也不能流露出来，把一切都藏在心里面，在心里欢呼自己已经拥有这一切了。即便对于这些美妙的存在她还无法去细细品味，可至少也算一饱眼福了。她转身离开眼前的一切，带着绝对幸福的叹息，迈着轻柔的步伐，摸索着偷偷地溜回岩洞中的黑暗。对于一个已经欣赏过如此良宵的人来说，这种黑暗，或者说时间脚步的停滞算得了什么？只不过这样的情形有些让人疲倦，而且最重要的是，它是不公正的。

菲尔卡进来的时候，发出了惊恐的尖叫。还好，幽夜告诉她不用害怕，并告诉她如何来了一阵轰隆隆的声音和震动，灯又怎么掉了下来。于是菲尔卡跑去禀报了她的女主人，一个钟头不到，一盏新的灯就挂在了原来那盏灯所挂的地方。幽夜觉得它看上去不如原先那盏那么明亮、清澈，但是她对这种变化并没有感到伤感。她已经很知足，顾不得去想那么多。从这一刻起，她虽然知道自己是个囚徒，可她的心中却充满了骄傲和喜悦，好几次她差一点忍不住跳起来，在房间里载歌载舞。当她睡着的时候，那些昏暗朦胧的梦都变成了辉煌灿烂的风景。有很多次，千真万确，当她觉得无法平静的时候，对于照看她的这一切感到厌烦的时候，她就会劝自己："不管我是不是年复一年地坐在这里陪着我可怜的小灯，这又有什么要紧的呢？等到我出去了，外面那盏灯的光辉可以顶得上千万盏奇妙的小灯啊。"

她丝毫也不怀疑自己已经见识过白天和太阳了，这些她在书上都看到过。当她看到书上写白天和太阳的时候，就会在脑海中浮现出夜晚和月亮的情形；而当她读到夜晚和月亮的部分，她想到的仅仅是洞穴和那盏挂在里面的灯。

10. 大灯

又过了一阵儿，她才得到第二次出去的机会。因为自从灯掉下来的事情发生以后，菲尔卡变得有点小心谨慎了，很少让她一个人长时间单独待着。但是有一天夜里，幽夜觉得头有一点痛，就在床上躺下了，当她听到菲尔卡靠过来的时候，就把眼睛闭上了，可以感觉到菲尔卡把身子探过来看了看她。幽夜不想和她说话，就没有把眼睛睁开，继续静静地躺着。菲尔卡确定幽夜已经睡着，就满意地走了。菲尔卡轻手轻脚地挪着步子，她的小心翼翼让幽夜偷偷睁开眼睛，瞥了她一眼——就在她快要消失的那一瞬间，看起来她好像穿过了墙上的图画，那幅画就挂在离出口处还有一段距离的地方。她一走，幽夜就一跃而起，也顾不上头痛，径直朝着相反的方向跑去。她跑出去，摸索着找到楼梯，爬上去，来到了城墙上——啊呀！这个大房间还没有她刚刚离开的小房间亮！为什么？不幸中的不幸！大灯不见了！难道它的灯罩也掉下来了？它可爱的亮光插上大翅膀飞走了，像一只光芒四射的萤火虫，飞啊飞，飞到更大更可爱的房间去了？她低头看看，想知道它是不是落在地毯上面摔成了碎片，但是她连地毯都看不到。不过可以肯定并没有非常可怕的事情发生过——她既没有听到隆隆声，也没有觉得大地震动过。所有的小灯一闪一闪的，倒比原来更明亮了，怎么也看不出有什么不寻常的事情降临过。或许这些小灯都在长成大灯，等过一阵子变成了大灯，就不得不到外面去长成更大的灯。外面，这里是外面吗？啊！这里有过的什么东西好像不见了，她突然想起来，是那更大的夜晚！它用那样深情的吻，那么柔和地触摸过她的脸颊和额头，轻轻地拨动她的头发，优雅地把玩着那黑色的发梢！但是它消失了，一切都静悄悄的。它已经出去了吗？下一步会发生什么呢？也许那些小灯不会变成大灯，它们只是一个接着一个跑出去了呢。这时，城墙底下传来一丝香气，接着又是一丝，然后又是一丝。啊，多么芬芳的香气！也许它们从她身边经过，只是因为它们都随着大灯正在离开这里！与此同时，传来了河流的奏鸣曲，这还是她全神贯注站在天空下面以来，第一次注意到这种声音。那是什么？哎呀！哎呀呀！一定又有什么可爱的小生灵跑掉了。它们都慢慢地排成长长的队列外出，一个跟着一个，每个都这么溜过去，就此离开了她！一定就是这样。悦耳的声音越来越多，此起彼伏！整个外面的外面还有外面，它们都追随可爱的大灯走了！而她就要被一个人

留在一成不变的日子里了！难道就没有人来换一盏新的灯，让大家都别走吗？她十分伤心地蹒跚着返回自己的洞穴。她想要安慰自己，至少它们跑了还能把地方给腾出来。但是这么想的时候，她看到空空如也的房间也不禁觉得不寒而栗。

她又一次跑出来的时候，一弯新月挂在东边。来了一盏新灯，她寻思着，一切都会没事的。恐怕永远也不会有足够的语言来形容幽夜经历这一切的感觉，这一切比一千个变幻无穷的月亮还要更复杂、更微妙。无尽大自然千变万化的每一面，都让她的灵魂深处泛起一种前所未有的幸福。过了不久，她开始怀疑新的月亮就是旧的月亮，只不过和她一样进去了，又出来了。而和她不同的是，它会消瘦下去，然后又长大。它真的是个有生命的东西，一个独立的身体，就像她在洞穴、看守和独立的东西之中，也是独立的一个样，当它能逃出来的时候，就跑出来照耀四方。它是否也被关在和她一样的牢房里呢？当灯离开它的时候，那房间会不会变黑呢？进入那房间的路在哪里呢？带着问题，她先是向地上看，然后看看头顶和四周。接着，她仔细观察伸展在自己面前的那些树木的顶端。地上有很多棕榈树，它们指头红红的大手上结满了果实；桉树上挤满了一个个的小粉扑盒子；夹竹桃上长着像杂交蔷薇一样的花；橘子树上是一团团银色小星星和熟透了的金球。她的眼睛可以看到我们在月光下看不到的那些色彩，所有的这一切，她都看得一清二楚。起初她以为它们只是大房间地毯上的颜色和形状，她想要沿着它们走过去，结果却发现它们原来都是实实在在的东西。但是她不知道为什么会这样。她沿着围墙一直走到河边，发现再没有路可以走下去。她站在河边，带着敬畏盯着湍急的河水。除了知道饮用水和洗澡水，她对水一无所知。当湍急的水流在月亮的照耀下，一边流淌一边欢唱的时候，她毫不怀疑地认为河流是活的，是一条快速滑动的蛇一样的生命正要出去，或者到什么地方去。这时她很想知道，平时送进她房间里、给她喝的和用来洗澡的水，是不是被杀掉的。

有一次，当她走出城墙的时候，突然刮起一阵强风。树木都开始咆哮。巨大的云朵在天上飞过，在那些小灯间翻滚。大灯还没有出来，一切乱糟糟的。狂风扯起她的外套和头发，挥舞着，仿佛要把它们从她身上扯掉。她究竟做了什么，让这个温顺的家伙忽然发起这么大的脾气？要不这就是另一个家伙——跟先前的是同一种，但是个头大得多，脾气和举止都完全不一样。但是整个天地都在发怒！

或许所有的家伙都掺和进去了，风啊，树啊，云朵啊，河流啊，都在吵架，每个都在和其他的东西吵架。所有一切都要混乱失控了。当她正不安和疑惑地盯着这一切的时候，比她原来任何时候见到的都还要大的月亮远远地从地平线上升起来了，大大的脸涨得红红的，仿佛听到了那阵吵吵嚷嚷，也憋了一肚子气，赶过来看看孩子们到底怎么样了。这些孩子趁自己不在的时候大闹天宫，月亮生怕孩子们把所有的锅碗瓢盆都给打烂了。月亮一出现，风的大嗓门就消停了，不再破口大骂了；树木们都安静下来，小声抱怨着；云朵们也不在天空中横冲直撞了。月亮似乎很满意自己一出现，孩子们就都乖乖听话了，一边爬上天堂的阶梯，一边渐渐变小。随着月亮平静地越升越高，那张鼓鼓的脸蛋消瘦下去，脸色变得清朗，继而露出了一丝甜蜜的笑容。但是在月亮的宫廷中还藏匿着阴谋和叛乱。当月亮登上长长阶梯的顶端的时候，云朵们也聚集到一起，忘记了刚才的争斗，十分安静地把脑袋挤在一起。接着，云朵们合并在一起，静静地埋伏着，等到月亮靠近过来，一拥而上，一下子就把月亮吞没了。天空中落下来一滴滴湿漉漉的东西，越来越急，把幽夜的脸颊都打湿了。这除了是月亮的眼泪还能是什么？是因为她的孩子要闷死她，所以月亮很伤心吗？幽夜也哭了起来，不知道该想些什么，便带着沮丧溜回了房间。

又一次，幽夜战战兢兢地出来了。月亮还在远远的西边挂着——既破又旧，而且看上去衰老得可怕，好像天空中所有的野兽都在上面咬过一口。但是月亮依然待在那儿，一动不动，而且还在发光！

11. 日落

　　对黑暗、星星还有月亮一无所知的光芒以打猎打发日子。他骑着一匹高大的白马，横扫绿野，与日争辉，同风竞速，捕捉一头又一头大野牛。

　　一个早晨，他比平常早一点来到猎场，走在随从们的前面。这时他看到一头从没见过的野兽，偷偷摸摸从一个阳光还没有照射到的洞里溜出来，好似一道飞影窜过草地，朝南边的森林逃去。他策马就追，半路发现一头被那野兽啃了一半的野牛尸体，于是继续拼命地追赶。但是那家伙跑得快，跳得更快，很快就把光芒甩得越来越远，消失不见了。光芒败兴而归，迎面碰到了策马飞奔过来的法古。

　　"那是个什么东西，法古？"他问道，"它怎么跑得这么快！"

　　法古告诉他可能是头猎豹，但是从步子来看，也可能是一头小狮子。

　　"它肯定是个胆小鬼！"光芒说道。

　　"别太肯定，"法古接着说，"它不过是个不喜欢太阳的家伙。等到太阳落下去了，它就会相当勇敢了。"

　　说完他就后悔了。尽管他发觉光芒并没有什么反应，他还是一样追悔莫及。但是，唉，说出去的话，泼出去的水。

"那么，"光芒心中暗想道，"这个卑鄙无耻的野兽，就是娲嫂夫人说过的那个什么日落的可怕之处中的一种了。"

他打了一整天的猎，但是都没有平日里的劲头。他骑得不是很快，也没有杀掉一头野牛。让法古感到惊慌的是，他发现光芒总是找出各种借口向南边挪动，越来越接近森林。但是，就在那一刻，西边的太阳渐渐地落山了，他看起来似乎也改变了主意，调转马头一溜烟跑回城堡去了，他跑得这么快，很快就从众人的视野中消失不见了。等到大家到达城堡的时候，他的马已经拴在马厩里了，大伙都认为他已经回到城堡了。但实际上，他又跨上马背出了城堡，越过小河，穿过山谷，回到了和众人分手的那个地方，就在这时，太阳已经贴近森林的边缘了。

地平线上的火球直射在光秃秃的树干间，光芒一心想着绝对不能错过野兽，自己就直冲进了树林。他钻进树林的时候，不禁回头向西边望去。太阳火红的边缘此刻已经碰到了地平线，在层峦叠嶂下显得参差不齐。光芒说："我们走着瞧吧。"他说这句话的时候，脸上却升起了他从未体验过的暗影。太阳开始从长钉和锯齿的轮廓间慢慢沉了下去，他的心跳突然间加快，莫名的恐惧一下子升上来抓住了这个年轻人。过去他从来都没有过这种感觉，一向是恐惧害怕他。随着太阳落下去，夜幕渐渐笼罩了整个世界，天色变得越来越暗，越来越黑。某种他根本不知道的东西，完全把他给打趴下了。当太阳半弧边缘的最后一道亮光也像灯一般熄灭的时候，他的恐惧似乎开花结果变成了疯狂。就像眼睛被眼皮遮住了一样，一点光亮也没有，这个夜晚也没有月亮，恐怖和黑暗双双到来。他知道它们是一伙的。他不再是他自认为是的那个人，他曾经拥有的勇气绝对不是他自己的——他只是有过那些勇气，而不是自己本身勇猛无畏。如今那些勇气离开了他，他连站起来都成问题，当然更没办法站直了，没有一个关节可以让他屹立不动，哪怕是少打一个哆嗦。他只不过是太阳的一颗火星，除此以外他什么也不是。

野兽就在他身后准备偷袭！他转过身来，树林里一片漆黑，他想象这四处的黑暗都带着一双双绿色的眼睛，他连把弓从腰间拿起来的力气都没有了。在绝望的力量的催促下，他努力鼓足勇气爬起来——不是去搏斗，他想都没有想过——而是想要一路狂奔逃回家去，这是他所能想到的一切。可就连迈开腿这一点他都做不到。他拿不出来的力量最后还是不光彩地从外面得到了。树林里传来一声怪叫，半似尖叫，半似咆哮，光芒一下子就像是只给公猪咬伤的野狗，撒腿就跑。可那不是他自己在跑，而是恐惧驱使他的两条腿在跑，他都不知道它们到底是怎么动的。不过一旦他开始跑，他也就变得能跑了——至少有了一点胆小鬼逃命的勇气。满天星斗洒下微弱的亮光，照耀着他在草地上飞奔，可后面并没有什么东西在追他。"现世现报"，太阳落下的时候，这个年轻人还在爬山呢！这会儿他只剩下对自己的藐视了，那个从来都是藐视胆小鬼的他，如今就只能藐视自己了。地上躺着一只野牛大小、形状怪异的黑影，弓在草地上。他绕了一个大圈子，如影随风般地冲过去。风吹了起来，这更加剧了他的恐惧。风从他身后吹来，他爬上山顶，像流星一般滑下陡峭的山坡。一时间，整个崎岖的山道都从背后升起追着他！风嘶吼着从后面追来，不断地尖叫、喊叫、呼叫、吼叫着，哈哈大笑着，喋喋不休着，仿佛所有森林里的动物都在和它同行。他两耳中灌满了肆意践踏的呼啸声、牛群铁蹄的轰鸣声，从片片广袤平原到他身后的山峰，一路飞奔而来。他径直逃向城堡，气喘吁吁，上气不接下气。

当他到达谷底，月亮探出了脑袋。他从来都没有看见过月亮——除了白天的时候，他把它看作一块比较亮的薄云。它对他来说也是一个刚出炉的怪物，这么妖！这么怪！这么寒！这么诡异！好像它正从整个世界的围墙后面向下俯视！那不就是夜晚吗！活的黑暗在追着他！这从天而降的恐怖，一下子让他的血液都凝固了，大脑都化成灰了！他抽泣着，在河边站直了。那条河是穿过两堵墙从花园中流过去的。他纵身一跃，奋力地越过河水，爬上了岸，不省人事地倒在草地上。

12. 花园

　　尽管幽夜特别留心，每次出去的时间都不长，而且非常小心翼翼，但她也不可能逃脱太长时间而不被发现。日子过得越久，娲嫂就越是会频繁地突然出现，最后女孩终于因为担惊受怕，病倒在床上了。不管是过分小心还是有所怀疑，菲尔卡现在都更听命于她的女主人了，整天把娲嫂的话铭刻在心。每次从那个惯常使用的出入口退出去的时候，她都会把门闩给插上。因此，一天晚上，当幽夜去推门的时候，她出乎意料而又十分沮丧地发现，这次墙壁把她给推了回来，不再让她通过。她上上下下搜索了一遍，也找不到这种变故从何而来。这时，她才第一次体会到被困住了的滋味，于是她转过身，失望地来到菲尔卡那一次穿过的那幅画后面去找出口。在那儿，她在墙上推呀推，很快就找到一小块地方。她可以穿过那里到某个地窖，里面有些闪烁的亮光，月亮挂在空中，显得天空有点苍白。她从地窖进入一条长长的通道，在月光的照耀下找到了一扇门。她用力把门打开，让她喜出望外的是，她发现自己到了另一个地方，不是城墙上，而是她向往已久的花园。她如同一只毛茸茸的蛾子，悄无声息地溜到树枝和灌木间的隐蔽处，光着脚很舒服地踩在十分柔软的地毯上，那一种触感从脚底升起，不管这种感觉从何而来，它们都是那么地可爱和友好。一阵轻柔的微风从树林间穿过，一会儿跑到这儿，一会儿又跑到那儿，好似一个随心所欲的孩子。她在草地上欢蹦乱跳，一边跑，一边扭过头去看自己的影子。起先她以为那是一个在和她玩游戏的黑色小家伙，但是当她看到每一棵树，不管个头多么高大粗壮，都有这么一个奇怪的小跟班时，立刻就意识到那不过是能让自己远离月光的地方。她很快就学会了不去在意它，渐渐地，这变成了一种好玩的把戏，就好像小猫玩自己的尾巴一样。她花了很长时间，才和那些树混熟了。起初它们似乎对她挺冷淡，就当她不存在，全都是各自忙着自己的事情。可是，当她从一棵树绕着跑到另一棵树，带着敬畏仰望它们茂密的枝叶，听着它们发出的喃喃私语的时候，她忽然窥探到在不远处的一个地方，有一棵树和其他的树不太一样。它白白的，暗暗的，闪着光，就像一棵棕榈树——棵小小的细细的棕榈树，没有很多枝条。它长得非常快，一边长一边唱着歌。但是它并没有长大一分一毫，因为她可以看到它一边迅速地长着，一边又不断地变成碎片。当她凑近它的时候，才发现这是一棵水树——就是她平时洗手用的水构成的树——显然它是活的，就好像河流一样。毫无疑问，它们是两种不同的水，一种沿着地面快速地流着，另一种笔直地向上喷着，落下来，不断地把自己吞下去，然后又吐出来。她把脚放进大理石的盆子里，就是那个用来种水树的花盆。里面都是实实在在的水，活的、凉丝丝的。真不错，因为这天晚上很热！

还有花儿们！啊，花儿们！这是最先和她成为朋友的生物。它们是多么奇妙的家伙啊！这么善良，又这么美丽，总是发出这么绚丽的色彩和芬芳的香气。红的香味、白的香味、黄的香味，把它们自己送了出去！送给一个没有形体但是到处采集它们香气的家伙，然后这家伙就带着香气跑了！好在它们看起来并不在意。它们只是需要交谈，这才显出它们是活的，而不是在她房间的墙上和地毯上画着的那种图像。

她在花园中一路漫步下去，最后来到河边。不能再往前面去了，她觉得有点怕，也难怪她觉得害怕，她眼前就是一条快速流动着的水流"大蟒蛇"。她在河边的草地上坐下来，把两只脚伸进水里，就可以感到它在向前冲，不断地撞在自己的脚背上。她就这样坐了很久很久，幸福似乎圆满了，就这么看着河流和头顶那盏破碎的大灯，看着它从穹顶的一边慢慢升起，落向另一边。

13. 全新的事物

一只美丽的蛾子从幽夜蓝色的大眼睛前掠过。她一跃而起就去追它——不是追猎的追，而是追逐的追。她的心——就和每一个人的心一样，要是那堕落的一面不算在内的话——是无尽的爱之源泉，她爱她看到的一切。当她追着蛾子的时候，忽然看到有什么东西躺在河边，因为还不懂得什么是害怕，她径直跑过去探个究竟。一跑过去，她就怔住了。那是另一个像她一样的"女孩子"！不过这个"女孩"的长相是多么奇特啊！穿得也是这么古里古怪，而且还一动不动！"她"死了吗？一种怜惜的情绪油然而生，她坐了下来，抱起光芒的脑袋，放在自己的腿上，开始轻轻抚摸他的脸。她温暖的小手让光芒苏醒过来。他睁开黑色的眼睛，那眼中所有的火焰这时候都已经熄灭了。他向上望去，四下打量，嘴里发出一种奇特的恐惧的声音，半带呻吟，半带喘息。可当他一看到幽夜的脸，顿时倒吸一口凉气，僵住了。他一动不动地盯着她，这么碧蓝的奇观在他的面前，就好像更完美的蓝天，似乎给了他勇气，化解了他的恐惧。最后，他用一种颤颤巍巍、半似敬畏、半似低语的声音问道："你是谁？"

"我叫幽夜。"她回答道。

"你是个黑暗里的幽灵，喜欢黑夜。"他说着，心中的恐惧又有些萌动了。

"我也许算是个黑暗里的幽灵，"她答道，"虽然我不知道你说的幽灵是什么意思。可我并不喜欢夜晚。我喜欢白天，全心全意地喜欢；晚上我一整夜都用来睡觉的。"

"这怎么可能？"光芒说着，想用胳膊肘把自己撑起来，但是他一看到月亮，立刻又把头放回她的腿上。"这可能吗？"他又说了一遍，"我现在就看到你的眼睛睁着，不就是醒着吗？"

她只是微微一笑，然后又摸摸他的脸，因为她并不明白他说的话，只认为是他不知道自己在说什么。

"那么我现在是在做梦吗？"光芒揉了揉自己的眼睛继续说。但是他的记忆一下子清晰了，他颤抖着喊道："哦，太可怕了！太可怕了！我一下子就变成了一个胆小鬼！一个卑鄙、无耻、下流的胆小鬼！我太丢人了，丢人现眼，竟然被吓成这样！实在太可怕了！"

"什么这么可怕？"幽夜微笑着问道，就像母亲在问刚从噩梦中惊醒的孩子一样。

"所有，所有的一切，"他答道，"所有这些黑暗和咆哮。"

幽夜说："亲爱的，没有什么咆哮声啊。你一定是太敏感了！你听到的只是水流的声音，还有所有生灵中最可爱的家伙奔跑的声音。她是看不见的，我叫她'无处不在'，因为她从所有其他生灵体内穿过，让它们更舒服。现在她正在摇晃它们，亲吻它们，拍它们的脸，这给她自己，也给它们带来快乐。听，你管这叫作咆哮吗？你应该听听她真正发怒的时候的声音！我不知道为什么，但是有时候她就会发怒，那时候她才有点算是咆哮。"

"这里怎么黑得要命？"光芒说道，他在她说话的时候一直支棱着耳朵，最后满意地发现真的没有什么咆哮声。

"黑！"她重复道，"你应该在那场地震杀死我的灯的时候，在我的房间待一会儿试试。我真不明白，你怎么可以把这个称作黑？让我看看，对呀，你有眼睛啊，而且眼睛很大，比娲嫂夫人和菲尔卡的都要大，不过没我的大，我猜的，我没看到过自己的眼睛。不过，哦，对了！我知道到底怎么回事了！你的眼睛是看不见东西的，因为它们都这么黑。黑暗当然是看不见的了。没关系，我来做你的眼睛，我来教你看。看这儿——看这些草地上白白的小可爱，都折成一团，带着一个红色的尖尖。哦，我爱死它们了！我可以一整天都坐在这里看着它们，多可爱啊！"

光芒凑过去看了看，觉得他以前好像在哪里见过和它们样子差不多的东西，但是又想不起来了。就像幽夜从来没有见过一朵盛开的雏菊，他也从来没有看到过雏菊闭合起来的样子。

幽夜本能地想要做些什么，让他不再觉得害怕，可这些美丽的东西，奇怪而又可爱的言语，对于让他忘记恐惧一点儿也不起作用。

"你说这儿黑！"她又说道，仿佛那个荒谬的想法在脑海中挥之不去，"为什么，我可以数得出来这里每一根绿色的绒毛——我猜这就是书上说的草。我周围两码之内都是清清楚楚的！你再看那盏大灯！它今天比平时还要亮些，我简直搞不懂你怎么会被吓到，还说这儿黑！"

她一边说着，一边抚摸着光芒的脸颊和头发，想要安慰他一下。他是多么可怜啊！他看着月亮的那种眼神说明了一切！他正要说她的大灯对他而言是多么可怕，看上去就像一个女巫，在死亡的沉睡中漫步。可他对幽夜并不是完全茫然无知的，就算借着月光，他也看得出她是一个女人，只是他从来没有见过一个这么年轻这么可爱的女人。

这个女人想要缓解他的恐惧，虽然她这么做让他觉得更加羞愧，可他还是静静地躺着，一动也不敢动。因为不知道她的脾气，他怕自己会惹她生气，怕她会丢下自己，让他独自面对黑暗。他所有的那一丁点力量似乎都是来自于她，要是她动了，他也会随着她动；要是她丢下他走了，他就会像孩子一样哇哇大哭。

"你怎么来这儿的？"幽夜捧着他的脸问道。

"从山上爬下来的。"他答道。

"那你在哪里睡觉？"她又问。

光芒指了指房子的方向。她开心地嫣然一笑。

"等你学会不再被吓倒的时候，你就会非常想和我一起出来了。"她说道。

她心里面想着，等他稍微好一点了，一定就会问她是怎么逃出来的，因为幽夜认为他肯定也和她一样，是被娲嫂和菲尔卡关在某个洞里，然后从洞里跑出来的。

"看这些可爱的色彩。"她指着一个玫瑰花丛说。光芒看过去，没有看到一朵花。"它们都太漂亮了，是不是啊？要比墙壁上的那些色彩好看多了。而且它们还是活的，闻起来还很香！"

光芒希望她不要再让自己睁着眼睛，去看自己根本看不见的东西。每一次都有新的恐惧侵入他的眼帘，把他吓得紧紧抓住她。

"来，来，亲爱的！"幽夜说道，"你不要这个样子。你应该做个勇敢的女孩子，而且——"

"女孩子！"光芒气得跳了起来，"要是你是一个男人，我就杀了你。"

"男人？"幽夜重复道，"那是什么？我怎么会是那种东西？我们都是女孩，不是吗？"

"不是，我不是女孩，"他答道，"尽管……"他换了一个口气补充道，"我给了你太多理由来这么称呼我。"说着，他又缩到地上靠在她的腿上。

"哦，我明白了！"幽夜回答道，"当然不是了！你怎么会是女孩？女孩不会害怕，至少不会无缘由地害怕。我现在懂了，就因为你不是个女孩子，所以你才会被吓成这个样子。"

光芒在草地上尴尬而又无奈地扭成一团。

"不是，不是这样的，"他又羞又恼地说道，"都怪这可怕的黑暗，它钻到我的身上，布满我的全身，渗进我的骨髓，才让我的举动像个女孩。只要太阳一升起来……"

"太阳！太阳是什么？"幽夜喊道，这次轮到她感到一种莫名的恐惧了。

光芒一下子进入一种妄想中，这时候他全然忘记了自己的种种行为。

"是灵魂，是生命，是心灵，是万事万物的光辉。"他说道，"整个世界就像是尘埃一样在它的照耀下飞舞。当它把无畏金丹洒向四方时，男人的心胸就会在它的光芒下变得坚强勇敢。等到太阳消失，男人就会变得像你现在见到的我这个样子。"

"难道那个不是太阳？"幽夜思索着，指着月亮问道。

"那个！"光芒完全不屑地喊道，"我根本就不认识它，它又丑又讨厌，顶多算是太阳死掉后的幽灵。是的，就是这么回事！所以它看起来才这么可怕。"

"不对，"幽夜停下来思考了很久，然后说，"你肯定搞错了。我想太阳才是死掉的月亮的幽灵，所以它才会像你说的那么光辉灿烂。那么，是不是在另一个大房间里，太阳就住在那里的天花板上？"

"我不知道你说的是什么意思，"光芒回答，"但是我知道你也没有恶意，不过你不应该把一个待在黑暗中的可怜小子叫作女孩子。要是你愿意，就让我躺在这儿，枕在你的腿上，我想要睡一会儿。你愿意看着我，照顾我吗？"

"是的，乐意之至。"幽夜答道，她忘记了自己所有的危险。

　　于是光芒进入了梦乡。

14. 太阳

幽夜坐在那里，年轻的小子躺在那里，就这样过了一整夜，两个人落在地面上巨大的锥形阴影当中，就好像两个法老王待在一个金字塔中。光芒睡啊睡，幽夜一动不动地坐着，生怕弄醒了他，又让他被恐惧吓到。

月亮高悬在蓝色的空中，这是夜晚的绝对胜利。河流发出低沉柔和的音节潺潺而语。喷泉还在朝向月亮的方向喷洒着，就像是一朵时刻在盛开的巨大银色花朵，花瓣不断如雪片般落下来，最后又带着连续的悦耳的撞击声，回到不断涌动着的水面上。风儿醒来了，在林间一路小跑，睡着了，然后又醒来。雏菊在幽夜的脚边趴下来睡着了，不过她并不知道它们已经睡着了。玫瑰看起来应该还醒着，它们的香气在空气中弥漫，不过实际上它们也已经睡着了，那阵阵香味就是它们的梦。橘子挂在枝头，好像金色的灯笼，那银色的花朵是它们还毫无雕饰的孩子的灵魂。空气中弥漫着金合欢花的香气，好似月亮自己的气息。

最后，由于不习惯充满活力的空气，而且静静地坐这么久也让人疲倦，幽夜也感到昏昏欲睡。空气变得更凉了。时间一秒一秒地走到了她平时睡觉的钟点。她只把眼睛闭上了一会儿，打了个瞌睡，立刻就又把它们睁得大大的，因为她答应过要看着他的。

　　就在那一刹那，情况出现了变化。圆圆的月亮在西边望着她，她看到月亮的样子在改变，它变暗了，仿佛它在上面看到了什么可怕的东西即将到来，也因为恐惧变得面无血色了。光亮似乎一点点从它的体内消散出来，它快要死了，它在消失！然而周围的一切看起来格外地清晰，比她过去任何时候看到的都更加清晰。可是，当灯自己的光亮越来越少的时候，它怎么能够发出来更多的光呢？啊，是这么回事啊！看它是多么虚弱啊！就是因为光抛弃了

它，自己弥散到整个房间里，所以灯才变得这么黯淡和虚弱！它在放弃一切！它正从天花板上融化掉，就好像一大勺糖落在水中那样。

幽夜一下子害怕起来，把脸埋在腿上寻求庇护。这家伙是多么好看啊！她想不出来叫他什么，当她想要用娲嫂对她的称呼——就是"女孩子"——叫他的时候，他曾大发脾气来着。看啊，奇迹中的奇迹！随着整个大房间中发生的变化，他那苍白的脸颊虽然还是冷冰冰的，却开始泛起红玫瑰一般的色泽，那散开在她腿上的金发是多么美丽啊！这家伙的呼吸是多么地沉重啊！他身上发生的这些奇怪的事情都是什么啊？她在墙上见过这些，她敢肯定。

于是她对自己说，灯变得越来越黯淡的时候，其他的一切都变得更加清晰。这意味着什么呢？灯正在死去，正要去这个躺在她腿上的家伙提到的地方，要变成太阳！但是，为什么所有的一切，在它还没有变成太阳时，就变得那么清楚了？这是关键。是不是它的改变才让一切改变的？对！对！它要死了！她心里清楚，因为她自己也要死了！她感到离死不远了！她又要变成什么呢？变成什么好看的家伙，就像躺在她腿上的这个家伙？也许吧！不管怎么样，这就是死亡呢。她所有的气力都在消失，而她周围的一切都亮得让她受不了！她很快就要瞎了！她究竟会先瞎还是先死？

太阳从她的身后冲上来。这时光芒醒了过来，从她的腿上抬起头，一跃而起。他的脸上露出灿烂的笑容，心中满是喜悦，就像猎人潜入虎穴时的那种感觉。幽夜惊叫一声，用手捂住自己的脸，把眼睛紧紧闭上。这下她看不见了，只好把手臂伸向光芒，哭喊着："哦，吓死我了！这是什么？一定是死神！我还不想死啊。我喜欢这个房间和这盏旧灯。我不想到别的地方去。太可怕了！我要躲起来，我要躲进所有甜蜜、温柔的黑色生灵的怀抱里去。天呀！天呀！"

"你怎么了，女孩？"光芒说道，带着所有雄性生物被异性教训之后那种特有的傲慢。他站起身来，低头看了看女孩子，还有他自己的弓，主要还是为了检查弓弦。"现在没有什么好怕的，孩子！到白天了，太阳升起来了。看啊！再过一会儿它就要升到那个山头了！再见，谢谢你昨晚的照顾。我要走了。别像个傻瓜一样，有机会我当效犬马之劳。好了，后会有期！"

"别离开我！哦，别离开我！"幽夜喊道，"我要死了！我要死了！我动不了了。这光把我所有的力气都吸光了。啊，我好害怕！"

但是光芒已经跃入河中，他把弓高高举过头顶，以免弄湿。他蹚过河水，爬上对面的山。听不到应答的幽夜徒劳地伸出胳膊。此时光芒已经到了山顶，一缕阳光射在他的身上，白昼之王的光辉在金发小伙子的胸膛燃烧起来，像阿波罗一样光华四射。他充满力量地站立着，身形在晨光的中央熊熊燃烧。他拿起一支灼热的箭搭在光亮闪烁的弓上，只听弓弦发出尖锐悦耳的"砰"的一声，箭飞了出去，光芒跟在它后面飞奔出去，发出一阵怒吼，转眼就跑得没有踪影了。阿波罗这回把自己射出去了，从他的箭袋中带着兴奋和喜悦逃向光明。但是可怜幽夜的脑海却被穿透了一个窟窿，跌入了完全的黑暗中，四周成了一个烈焰燃烧的熔炉。在绝望、无助和痛苦中，带着疑惑和困难摸索着，她咬紧牙关爬回了她的窝。等到最后那洞穴中的黑暗用冰凉而宽慰的臂腕友好地拥抱她时，她一下子摔倒在床上，沉沉地进入了梦乡。她在这里睡着，一个人待在墓穴中，而此时光芒就在太阳光辉的照耀下，在高高的草原上追赶着野牛，想也不想那个曾经庇护着他、用她的眼睛和臂腕整夜守护着他的女孩如今被抛弃在哪里。他完全沉浸在自己的辉煌和自豪中，黑暗和当时的屈辱早都一起被他抛在脑后了。

15. 胆小鬼英雄

　　等到日上三竿的时候，光芒看着脚底的影子，一下子想起昨晚，顿时感到无地自容。他已经向自己证明了——还不仅仅是向自己，还向一个女孩证明了他是胆小鬼！只有在大白天胆子大——天不怕地不怕，而一到夜晚就变成了缩头乌龟，只会瑟瑟发抖。肯定有什么不对劲的地方！有什么咒语施到了他身上！他吃了喝了什么和勇气犯冲的东西！无论如何他一定是被那东西乘虚而入了！他怎么会知道太阳落下去是什么样子？他会从惊讶到恐惧也不足为怪，看到那么可怕的黑暗，害怕是很自然的吗！就是，一个人常常看不到危险从何而来，你也许会被撕成碎片、被干掉、被一口吃掉，甚至都看不到往哪里还击……一切可能的借口都被他当作救命稻草，就好像一个自恋的人在急于掩藏自己的自卑。这一整天，他让猎人们吓了一跳——那种不计后果的勇猛真把他们吓坏了。所有这一切，其实都是为了向自己证明，他不是一个胆小鬼。然而什么也无法消除心中的羞愧。最后，还剩一线希望——就是下定决心、认认真真地面对黑暗，这就是他最后想到并且觉得自己应该去做的事情。去面对已经意识到的危险，要比轻蔑地将它视为无物来得更加壮烈，比面对那莫名的恐惧则显得还要壮烈。他能够战胜恐惧，洗刷自己的耻辱。对于一个像他这样的射手来说，或者按他自己的话说——一个有力量和勇气的人，这只不过是危险而已。这不是什么失败，他现在知道黑暗的存在，当它再来的时候，他就会无所畏惧、沉着冷静地面对它，就好像现面对自己一样。他不禁又说了一遍："走着瞧！"

他站在一棵大山毛榉的枝杈下，看着夕阳西下，慢慢地落在错落的群山后面。可没等太阳落下去一半，他已经如同一片落叶，在晚风的第一声哀叹中瑟瑟发抖了。当整个火红圆盘的最后一丁点也消失不见，他吓得转身向山谷蹿去，越跑越害怕。这个凄惨的家伙沿着山坡一路连蹦带跳、连滚带爬，与其说是跳进，还不如说是钻进河中。等到他清醒过来，和上次一样，又已经躺在花园中的河畔了。

但是当他睁开双眼，并没有女孩的眼睛俯视过来，只有点点繁星布满整个没有太阳的荒芜夜空，那些可怕的妖魔鬼怪又向他挑战了，可他还是没法面对。或许那个女孩还没有从河里出来！他试着合上眼睛睡觉，因为他吓得动不了。或许等他醒过来的时候，就会发现自己的头枕在女孩的腿上，那张美丽幽暗面孔上的深蓝色眼睛俯视着他。

但是等到他醒过来的时候，发现自己的头还是枕在草地上。
尽管光明又回来了，他也带着所有的勇气跳了起来，但他
却没有带着这份锐气，像头一天一样动身去追猎。而且，
尽管太阳的光辉在他的心脏和血管中涌动着，他这一天却
没有一点打猎的心情。他什么都没有吃，始终心事重重，
甚至有些伤感。他第二次被打败、被羞辱了！难道他的勇
气什么都不是，只是白昼阳光在他脑海中的投影吗？难道
他就是在光明和黑暗间被踢来踢去的一个球吗？那他是多
么卑微可怜的家伙啊！但是他还有第三次机会。要是他
第三次也失败了，他不敢想象到时候可能会对自己做些什
么！这真是糟糕透了，不过等着瞧！

　　啊呀！情况一点也没有好转。太阳一落下去，他就好
像被一大群魔鬼追着一样逃回来。

　　足足有七次，他都努力带着白天时的力量去面对即将
来临的夜晚，但是七次他都失败了——这份不断累积的失
败带来的失望、不断加剧的耻辱感，将夜晚串到一起，把
所有白天的时光都摧毁了。带着忧伤、自责，自信心也随
之丧失，他白天里的勇气也渐渐消退了。最后，因为精疲
力竭，因为浑身湿透了，他整夜躺在荒郊野外，一个晚上
又一个晚上……最糟糕的是，持续不断的死一般的恐惧伴

着羞愤交加，让他失眠了。到了第七个早上，他没有去打猎，而是软手软脚地回到城堡，上床睡觉了。女巫花了这么多精力才铸就的强健体魄一下子就垮了，他躺在那里疯疯癫癫、哭哭啼啼有一两个钟头。

16. 邪恶守护

娲嫂本身就有病，我说过的，而且脾气也很糟糕。除此之外，女巫们还有一个怪癖，就是对一般人来说会产生同情的事情，到了她们这里产生的就是极度的反感。

当然，娲嫂也有一丁点良心留在她那可怜的、没用的、发育不良的脾脏里，这让她觉得不舒服，因而变得更加邪恶。所以，当她听到光芒病了的时候，她很生气。病了，怎么可能？她已经让他整个身体都充满了生命，充满了阳光，怎么还会这样？他是个可怜的废品，这小子！因为光芒是废品，她开始生光芒的气，开始讨厌他、恨他。就像一个画家对待自己的画，一个诗人对待自己的诗，在她眼中，他已经变成无可挽回的了。在女巫们的心中，爱恨只在一线间，经常相互变换。不管是由于光芒遭遇的挫折，还有幽夜的种种企图让她觉得自己很失败，还是她的病态让她变成了一个恶魔般的女巫，可以肯定的是，娲嫂也开始讨厌幽夜，而且不想再在城堡里看到她。

尽管如此，她还不算太糟糕，只是来到光芒的房间去折磨了他一下。她像一条大毒蛇一样告诉他，她有多么恨他，那样子就好像她说过的那种毒蛇一样，嘶嘶作响，看起来鼻子和下巴是尖的，而额头是扁的。光芒认为她的意思是要干掉他，不再冒风险把精力投入到他身上了。她下令把每一缕光线都挡住，不许照进他的房间，但是这样一来他反倒有些习惯黑暗了。她取出一支光芒的箭来，一会儿用它尾部的羽毛胳肢他到笑得喘不过气，一会儿用箭头戳他戳到血流如注。她到底想要干什么，谁也不知道，但是她的所作所为让光芒迅速地下定决心，一定要逃离城堡——先逃出去再说。说不定他可以穿过森林，在什么地方找到他的妈妈！如果不是黑暗宽广的碎片把白天分割开来，他什么都不怕！

不过现在，当他无助地躺在黑暗中，那张可爱的面孔立刻再次浮现在他眼前，她在那第一个可怕的夜晚如此甜美地守护着他。难道永远都见不到她了吗？要是她真的和他想的一样，是河中的宁芙女神[1]，为什么她不再出现了呢？她竟能教他不要害怕夜晚，很显然，她自己一点也不害怕！但是当天亮的时候，她却露出一副非常害怕的样子——怎么会那样？当时看起来没有什么好害怕的啊。或许一个一直待在黑暗里的人就会害怕白天！而自私的他，那时却只顾乐滋滋地看着旭日东升，对她的死活熟视无睹，对她的情况不闻不问，以怨报德，这不是和娲嫂对他所做的一切同样没有人性吗？她是多么甜美、多么亲切、多么可爱啊！要是真的有那种野兽，它们只在夜里出来，害怕日光，为什么就不能有个女孩也是这样的——就像他受不了黑暗一样，不能承受日光。要是能够再找到她就好了！啊，他对她做的，和她对他做的，是多么不一样啊！不过，也许太阳已经把她给杀死了——把她熔化了——把她烧焦了——把她晒干了——就这样没了，如果她真的是河中的宁芙女神！

17. 娲嫂的狼

从那个可怕的早晨开始，幽夜一直觉得很难受。突如其来的光线差点要了她的命！现在她带着一种锋利的恐怖记忆躺在黑暗中——她都不敢再去回想那些事，以免一想到，它们又会超出忍耐的极限，再次深深地刺痛她。但是和她照顾的那个阳光灿烂的家伙带给她的伤害比起来，这痛就算不了什么了。他简直就是为所欲为，他刚刚恢复气力之后做的第一件事情，竟然是嘲笑她！她想来想去，都想不明白这件事，这真的超出了她的理解能力。

没过多久，娲嫂就开始用各种邪恶的方法来整她。女巫就好像一个病态的孩子对自己的玩具娃娃感到厌倦了一样——她会把它扯成碎片，只为看看这个娃娃到底会觉得怎么样。她打算把幽夜放到太阳底下暴晒，就好像把一只水母从海里捞上来，丢在炙热的礁石上一样，这么做只为可以让她心里的狼稍稍平静一些。这一天，快到正午的时候，幽夜正在熟睡着，娲嫂派人抬着一顶黑色的轿子把幽夜送到了高处的平原上。他们把幽夜从轿子中抬出来，放在草地上，然后就丢下她离开了。

娲嫂站在高塔上用望远镜注视着这一切，视线差不多一刻没离开幽夜。娲嫂看见幽夜刚刚被丢下就坐了起来，随后又趴了下去，把脸静静地贴在地上。

"她要晒死了，"娲嫂说，"这下子她的小命可就到头了。"

这时候，一头巨大的野牛，头上绕着让它心烦的苍蝇，甩着乱蓬蓬的鬃毛，一路疾驰，直奔向幽夜躺的地方。看到草地上躺着什么，它惊叫一声，一下子掉头闪到一边，愣住了，接着又慢慢地靠过来，看上去不怀好意。幽夜静静地趴在那里，完全看不见这头野兽。

"这下她要被踩成肉泥了！"娲嫂说，"这些家伙都喜欢这么做。"

当野牛凑近她的时候，只是把她浑身上下嗅了嗅，然后跑开了。过了一会儿，野牛又跑回来，嗅了又嗅，然后立刻转身跑开了，好像有个魔鬼在扯着它的尾巴。

接着又跑来一头角马，这是个更危险的动物，但是它的表现和野牛完全一样。然后是一头憔悴的野猪。没有一个家伙伤害她，娲嫂对这些动物的表现非常恼火。

最后，幽夜那对蓝色眼睛躲在头发的阴影中稍稍适应了周遭的光线，在她眼前出现的第一件事物对她来说是一个安慰。我说过她是如何知道夜里的雏菊的，花骨朵上带着一个红色的尖尖，有一次她用颤抖的手指轻轻地——她不想太粗鲁地伤到花儿，不过那样对花儿已经是一种伤害了——把一个花骨朵拨开，她在心里对自己说，我是真的想要看看花骨朵这么神秘的内核里，到底藏着什么秘密。最后，她看到了里面金黄色的花心。但是现在，就在她的眼皮底下，在她头发的遮蔽下，借着阴暗中的微弱光亮，她可以很清楚地看到一朵雏菊的红色花苞张开成一个深红色的花冠，露出了银色花盘衬托的金色花心。起先她没有意识到，它是千万个盛开的花骨朵中的一个，但是一刹那间，她突然明白了过来。是谁这么残忍地对待这可爱的小东西？硬要它像那样张开，让它的花心祖露在恐怖的夺命光下。不管是谁，和那个把她丢在这里任由烈焰烤死的家伙一样一定是个坏蛋。好在她还有头发，可以垂下来遮住她的脸，为自己营造一片小小的甜蜜的夜晚！她努力让小雏菊弯下来别被太阳照到，让它的花瓣就像她的头发一样垂下来，但是她做不到。啊！它已经被烤焦死掉了！她不知道，它不会屈服于她那微弱的力量，因为它正带着对生命的全部渴望，从那个被幽夜称作夺命光的东西那里汲取生命。唉，那盏灯倒是把幽夜给烤坏了！

她又继续思考。渐渐地，她有点想明白了，这里的房间没有天花板，只有那团四处翻滚的大火球，那么小红花尖必定已经看到这个火球上千次了，肯定很了解它！火球没有杀死它！不仅如此，再想得更远一点，她不禁问自己一个问题，会不会她现在看到的这个环境才是小红花尖渴望的最完美的环境。而且不光是现在，所有的时候都是如此，就和过去一样完美，只是每一个阶段都有各不相同的完美而已，这种完美可以和其他时候的完美混合成为一个更大的完美。花自己就是一盏灯！金色的花心就是光亮，银色的花托就是雪花石灯罩，巧妙地破裂，绽开就是释放光辉。对，就是这样！很显然这种放射状的形状就是它的完美！那么，如果它是灯，又变成了这种样子，一定是火

球把它打碎的，可这一定是出于善意的，是火球让花儿变得更完美了！再想想，当她想到花儿的时候，很清楚花儿和灯之间没有一丁点相似之处。也许这花儿是灯的小曾孙，那灯一直都是疼爱着它的呢。也许灯并不想伤害它，只是没办法不得不这么做。那红色的花尖看起来好像花儿迟早都要被伤害，也许灯也是一直尽可能地在帮助自己——就好像对花儿一样，所以才让自己出来待着呢？她应当耐心地忍一忍，静观其变。但是草的颜色是多么地粗糙啊！也许，也许就是也许，她的眼睛不是为这盏明亮的灯而设的。这时候她想起来那个不是女孩而且害怕黑暗的家伙，那双眼睛是多么地不一样啊！啊，只有黑暗再次降临，她周围的一切才会重新张开友好温柔的臂腕。她只能等啊等，坚持住，保持耐心。

幽夜趴在那里一动不动，娲嫂一点也不怀疑她已经气若游丝了。她觉得幽夜在夜幕前来拯救之前必死无疑。

18. 逃难

　　娲嫂把她的望远镜固定好，这样一到早上她就能立刻用上，然后她就去了光芒的房间。这时候光芒的病好多了，并且已经打定主意要在这天晚上离开城堡。黑暗固然可怕，但是娲嫂更可怕，而且白天他没法脱身。不一会儿，等到所有房间都变得静悄悄，他系好腰带，挂上猎刀，在背囊中放上一瓶酒和一些面包，拿上他的弓和箭。他从城堡里一出来，就直奔草原。但是他的病、对黑暗和野兽的恐惧交织在一起，使他穿过河面后，再不敢往前迈进一步。他在河边坐下，觉得生不如死。尽管心中充满恐惧，但是浓浓睡意最后占了上风，他全身瘫倒在柔软的草地上。

　　他没有睡多久就醒过来了，只觉得有一种奇怪的安全感，这种感觉让他以为已经到了破晓时分。但是四周还是漆黑的夜。不过天空——不对，那不是天空，而是那伊阿得斯[1]碧蓝的眼睛正在俯视着他！一旦他把头枕在她的腿上，一切都太平了，显然这个女孩对黑夜就像他对白天一样全无畏惧。

　　"谢谢你，"他说，"你就好像是我的护心甲，你让恐惧离我而去。我刚才快要死掉了。你是不是看到我过河，所以从河里钻出来的？"

"我不是居住在水里的生物，"她回答道，"我活在这盏幽暗的灯下，而在那盏明亮的灯下我就会死掉。"

"啊，对了！这下我明白了，"他反应过来，"要是当时明白的话，我绝不会像上次那样做。我还以为你是在耍我，我天生一碰到黑暗就会情不自禁地被吓倒。希望你能原谅，我就那么把你丢下一走了之，就像我前面说的，我是真的不知道。现在我相信，你是真的被吓坏了，是不是？"

"是的，真的是这样，"幽夜回答道，"而且下次还会这样。但是为什么你会这样，我还是一点都没办法理解。你都不知道黑暗有多么文雅甜美，多么善良友好，多么温和柔软！它把你抱在怀中爱着你。不久以前，我还奄奄一息地躺着快要死掉了，就在你的那盏烈焰四射的灯下——你管它叫作什么来着？"

"太阳，"光芒咕哝道，"我多么希望它快点来啊！"

"啊！别这么说。为了我，也别催它。我会在黑暗中照顾你的，但是在光明中没有人来照顾我。我告诉你哦，当我在太阳底下快要死掉的时候，就只剩最后一口气的时候，一阵微凉的风吹过我的脸，我睁眼一看，痛苦消失了，那个夺命灯也不见了。我希望它别死，但也别再亮起来了。我可怕的头痛全都消失了，视力也恢复了。我觉得自己仿佛脱胎换骨了，但是并没有立刻爬起来，因为我还是很疲劳。周围的草开始变凉，色泽变得柔和，上面出现湿湿的东西，让我的脚觉得很舒服。我就站起来到处跑，跑了好长时间以后，一下子看到你趴在地上，就像我不久之前那样趴着。所以我就坐下来在你身边照顾你，直到你的生命——我的死亡——再次降临。"

"你真好，美丽的幽灵！我还没有向你忏悔，你就原谅了我！"光芒感动地大声说道。

于是他们开始聊天，他告诉她自己的经历，她也把她的故事说给他听，最后，他们都觉得必须从娲嫂的手心里逃走，逃得越远越好。

"我们必须立刻就走。"幽夜说。

"等到了早晨再说吧。"光芒答道。

"我们不可以就在这里坐等到早上，"幽夜说道，"到时候我就不能动弹了，再到明天晚上你又会做什么呢？此外，娲嫂在白天的眼神最好。真的，你现在必须起来，光芒，起来。"

"我做不到，我怕，"光芒说，"我动不了。只要我把头从你腿上抬起来，那种恶心的恐怖就会牢牢把我抓住。"

"我会陪着你的，"幽夜安慰他，"我会一直照顾你，直到你那个可怕的太阳升起来，到时候你就可以离开我了，想跑多快都没问题。只是到时候请记得，先把我．放在一个黑暗的地方，要是那时候能找到这样的一个地方。"

"我不会再让你离开了，幽夜，"光芒喊道，"就待在这里等到太阳出来吧，它会把我的力量还给我，到时候我们一起走，永远、永远也不再分开了。"

"不行，不行，"幽夜坚持道，"我们现在必须走。你必须学会在黑夜像在白天那么坚强，否则你永远都只是半个勇士，我已经开始——虽然打不过你的太阳，但是努力和它和平相处，去了解它到底是什么，了解它对我有什么意义，无论是伤害我还是善待我。你必须也这样面对我的黑暗。"

"但是你不知道南边有多么疯狂的野兽，"光芒说，"它们有大大的绿眼珠子，会把你像一小撮芹菜一样吃掉，美丽的小东西。"

"起来，起来！你必须起来！"幽夜说，"我见过你说的那些绿眼珠子，我会照顾你，不让它们靠近的。"

"你！你怎么做到？假如现在是白天，就是最厉害的家伙来了我也能保护你。但是现在这个样子，这糟糕的黑暗让我都看不见那些野兽。要不是你眼中的光芒，我甚至也看不见你可爱的眼睛，可现在透过它们我能够直接看到天堂。它们是越过天空进入天堂的窗户。我相信它们就是造出星星的地方。"

"那么你跟我走，要不我就闭上眼睛，"幽夜说，"你要是听话，就不会再看到它们。你看不到那些野兽，我能看到。"

"你能看到！那你还让我去！"光芒喊道。

"是的，"幽夜回答，"不过早在它们看到我之前，我就能看到它们，所以我能够保护你。"

"怎么保护？"光芒继续道，"你一不会拉弓射箭，二不会用猎刀拼杀。"

"是不会，但是我可以避开它们啊。就在我找你的时候，我已经和它们中的两三个玩过这一手了。我可以看到它们，还可以闻到它们，早在它们靠近我们、看到和闻到我们之前。"

"你现在看到闻到什么没有，有没有啊？"光芒用胳膊肘支撑着抬起身来，不安地说道。

"没有——现在还没有，我会留意的。"幽夜说着，站起身来。

"哦！不要丢下我——一刻也不要啊。"光芒喊道，他竭尽全力透过黑暗盯住幽夜的脸。

"小声一点，不然会让它们听到的，"她转身说道，"风是从南边吹来的，那么野兽就闻不到我们。我已经把一切都摸透了。只要亲爱的黑暗来了，我就会拿野兽们寻开心，时不时地钻进风的边缘，让它们中的一个嗅到我的一丝气味。"

　　"哦，太可怕了！"光芒喊道，"我求你千万不要再这么玩了。那会有什么结果啊？"

　　"一般是这样的，在那一刹那，它会眼中带着杀气转过身，然后朝我这边跑来——你要记得，它是看不见我的。我的眼睛要比它的好得多，我可以很清楚地看到它，然后就绕开它跑啊跑，一直跑到我闻不到它为止，那时候它就再也找不到我了。要是风转向了，吹向另一边了，就会有成群结队的野兽朝我扑过来，到时候我就没办法避开它们了。你最好快点起来。"

　　她牵起他的手，他顺从地站了起来，她拉着他就走。但是他的脚步松松垮垮，随着夜渐渐地深了，他似乎也快要瘫下去了。

　　"哦，亲爱的！我好累！好害怕！"他不时地说着。

　　"靠着我，"幽夜不时转过身来，用胳膊挽住他，或者摸摸他的面颊，"再走几步，每一步都能让我们离城堡更远一点。靠紧我，我现在可强健了。"

于是他们继续向前。幽夜那洞穿黑夜的眼睛看到了许多绿色的眼睛，它们隐隐约约地闪现，如同黑暗中的一个个小窟窿，她绕了很多很多弯，好尽量避开它们。但是她对光芒只字不提自己看到的一切。她小心地尽量让他走在最柔软最平整的草地上，一路上不断用轻柔的语调陪着他说话——说那些可爱的花儿和星星，说那些花儿躺在绿色的床上有多么地惬意，那些星星躺在蓝色的床上有多么地开心。

当清晨渐渐来临的时候，他觉得好多了，但是走了整个晚上都没睡，又经过这么长时间的折磨，他也实在是累坏了。幽夜也一样感到很累，一部分是因为要照顾他，一部分是因为对东方破晓渐渐冒出来的光感到害怕。最后，两个人都精疲力竭，谁也不能再撑住谁了。两人不约而同一起停了下来。他们相互抱着对方，站在广阔的草地中央，都没办法再挪动一步了，只能虚弱地倾斜着身子来撑住对方，无论谁动一下，另一个就会因此倒下。不过当两人中的一个越来越虚弱的时候，另一个却开始越来越有力了。当夜的潮退下去的时候，昼的浪就开始涌上来。这时候太阳已经冲出了地平线，被翻腾的巨浪托起。太阳一露面，光芒就活力四射了。最终太阳升入空中，他就好像光明之父手中放飞的小鸟一般。然而，幽夜却发出痛苦的叫声，把脸埋在自己的胳膊中。

"我的天啊！"她轻声说道，"我好怕！这可怕的光好刺眼！"

就在同一刻，她的眼睛虽然看不见，耳朵却能听到光芒发出一阵轻轻的得意的笑声，接着，她就感到自己被抱了起来。对光芒来说，这个一整夜像照顾小孩子一样千方百计保护他的女孩，这时候反而像个小宝宝一样躺在自己的怀抱中，头轻轻偎依在自己的肩膀上。不过幽夜毕竟更为出色一些，受过那么多的磨难，她心里一点都不觉得害怕。

19. 狼人

就在光芒把幽夜抱起来的一刹那，娲嫂正通过望远镜恶狠狠地扫视着高原。她蓦地转过身子，火冒三丈地冲进自己的房间，把自己反锁在里面。她用一种特殊的油把自己浑身上下抹了个遍，然后放下长长的红头发，把它们绕在腰间扎起来，接着就开始跳舞，一圈一圈地打转，越来越快，越想越来气，直到最后气得口吐白沫。当菲尔卡跑来找她的时候，她已经不知去向了。

随着太阳的升起，风也慢慢地转了方向，最后都从北边直吹过来。光芒和幽夜在森林的边缘挪动着，光芒还抱着幽夜，她不安地往他的肩膀上凑过去一点，小声地耳语了几句。

"我闻到了野兽的味道——在那边，就是风吹来的地方。"

光芒转身朝城堡方向看去，只见平原上有一个黑色的斑点，它变得越来越大，以风一样的速度踏着草地奔来。它越来越近了，看上去这家伙一会儿长，一会儿短，那可能是因为它伸展着身子在跑。光芒把幽夜带到树后面，放在树干的阴影中藏好，然后取出他的弓，抽出他最沉、最长、最锋利的箭。

就在他把箭搭在弦上的时候,他看清那家伙是一匹巨大的狼,正在向他扑过来。他把匕首拔出鞘,从箭袋中抽出另一支箭,以防第一支箭射偏了,保证有足够的时间射出第二支箭。他一箭射出去。箭飞起来,笔直地划过去,落下来,撞在野兽的身上,又弹回到空中,就好像是一个字母 V。光芒赶紧搭上另一支箭,瞄准——射——接着拔出匕首,严阵以待。不过,这一回箭直穿过那个畜生的胸膛,只剩下箭羽露在外面。它一头栽在地上,整个身子向前翻了一个滚,"砰"的一声,四脚朝天躺下来,呻吟着挣扎了两下,脖子一伸,就一动不动了。

"我把它给杀死了,"光芒喊道,"是一只老大的红毛狼。"

"嗯,谢谢你!"幽夜躲在树后面虚弱地回答道,"我就知道你行的。我一点都不担心。"

光芒凑到狼的尸体边。真是个大家伙!不过他很生气第一支箭表现得那么糟糕,也不太想把另一支表现出色的箭就这么丢掉。他花了很大力气使劲一拔,把箭从野兽的胸前拔了出来。天哪!他简直不敢相信自己的眼睛!地上躺着的不是什么狼,而是娲嫂,是头发系在腰间的娲嫂!

愚蠢的女巫让自己变得刀枪不入，她以为她做到了，但是她忘记了一点。当初为了狠狠地拷打光芒，她曾经在他的一支箭上施过法术。光芒转身跑到幽夜那里，把一切都告诉了她。

幽夜战栗着哭了，不愿意去看。

20. 吉人天相

　　这下没必要再往哪里跑了。除了娲嫂，他们再没有什么害怕的人了。他们把她丢在原地就回去了。一片大大的云朵遮住了太阳，下起了瓢泼大雨。幽夜觉得好多了，稍稍也可以看见一点路。光芒扶着幽夜，他们轻轻地跨过那些冰凉潮湿的草地。

　　走了没多远，他们就遇到了法古和其他猎人。光芒告诉他们，他刚刚杀死了一只巨大的红毛狼，那只狼就是娲嫂夫人。猎人们神色凝重，但是眉间却闪现出喜悦的表情。

　　"那么，"法古说，"我要去把女主人埋了。"

　　但是当他们找到那地方的时候，却发现她已经被埋葬了——葬在各种鸟兽的肚子里，它们已经拿她当早餐了。

　　于是，法古很聪明地赶到他们身边，告诉光芒可以去国王那里禀明一切。但是光芒比法古还要聪明，他说在娶幽夜为妻之前哪里都不去。他说："到那个时候，就算是国王也不能把我们两个拆散了。如果有两个人谁也不能缺了谁，那就是我和幽夜。她要在黑暗中教会我怎么做一个勇敢的男子汉，而我要在白天照顾她，直到她的眼睛可以承受骄阳的炽热，直到阳光可以帮助她看清一切而不是让她眩晕。"

他们就在当天结婚了。第二天，他们一同去见国王，告诉他整个事情的经过。真是托国王和王后的福，他们在宫殿遇到了光芒的父亲和母亲。晨曦夫人开心得快要死掉了，她告诉大家，娲嫂是如何对她说谎，让她以为自己的孩子生下来就死了。

没有人知道幽夜父母的情况。但是当晨曦夫人看到这可爱的女孩有一双可以穿透黑夜和浮云的蔚蓝色大眼睛时，就有种奇怪的亲切感。或许那些邪恶的人，正是让好人彼此联系到一起的链条。通过娲嫂，两个未曾谋面的母亲在她们的孩子身上交换了彼此的眼眸。

国王把娲嫂的城堡和土地都赐给了这对年轻人，尽管地方不大，但是他们却在那里生活和相互学习了很多年。他们两个几乎没变，幽夜开始爱上白天了，因为那是光芒的衣冠，她觉得白天比夜晚更伟大，太阳比月亮更高贵；而光芒开始爱上夜晚了，因为那是幽夜的母亲和家园。

"不过谁知道呢，"幽夜对光芒说道，"等我们老去不在的时候，我们还会不会去一个比我的夜晚伟大，比你的白天更伟大的白天呢？"

后记：真爱的重力

文 / 漪然

"我们的生活不是梦境；但它应当，也许就会成为梦中的世界。"

德国哲学家、诗人诺瓦利斯说过的这句话，也是麦克唐纳最喜欢的一句话。这位造梦大师，总是可以用那些抽象的、不可捉摸的元素，构建出一个亦真亦幻、跨越梦与现实的世界。是他让我们看见了北风背后的草原和天空，也是他将人类内心的光明和黑暗都变成了童话里的角色。而一位看过麦克唐纳所有作品的女孩，却告诉我，她最喜欢麦克唐纳笔下的童话角色，是"轻轻公主"。

轻轻公主，在她诞生的那一刻，几乎所有古典童话中的公主都黯然失色。这是一个表面上对什么都满不在乎的女孩。她一出生就受到仇恨的诅咒，失去了自己的重量，整天只能像太空人一样漂浮在王宫的天花板底下。可她那被注定了的与众不同，似乎并没有影响她无忧无虑地过着一个公主应该有的快乐生活，不论是被仆人们当作皮球一样抛来抛去，还是必须在手里抓上石头或癞蛤蟆才能一跳一蹦地奔跑，她对自己的处境永远只有一个反应，那就是：笑。可这不是幸福的微笑，而是一种"少了一些什么"的近乎"哀婉"的大笑。正是这笑声，让我们发现了这个女孩子的一个秘密：她不会哭。

我不知道，麦克唐纳是怎样把一个人的重量和眼泪联想到一起的，也许，当我们心里有些感觉只能用沉重来形容的时候，我们的眼里就会有泪吧？所以林清玄才会感叹道："爱过才知情重，醉后方知酒浓。"轻轻公主在失去她的重量时，也失去了这些可贵的感觉，自然地，她也就失去了流泪的能力。如果说，安徒生的小美人鱼是活在获得爱情的渴望里，那么麦克唐纳的轻轻公主，就是活在连爱是什么都不知道的茫然里，二者都是同样的孤独。

麦克唐纳的作品之所以能影响几代欧美幻想文学作者，也有一多半是因为他的世界里，人性——一直是被关注的中心。公主落入湖中的情节，是作者刻画得最为细致的部分，当她在湖水中找到自己重量的一瞬间，她发现了新的自我。

"哦！要是我有重力，"她想，凝视着湖水，"我就可以像一只白色的海鸟一样从阳台上一下子跃出去，一头扎进那可爱的水中。嗨哦！"

这是她第一次有了一个愿望，而可以实现她这个小小心愿的人，如同所有童话故事里告诉我们的，只能是那个可以解除诅咒的王子。可他却一登场就让读者大失所望，他既没有挥着宝剑去屠杀女巫，也没有跳进刀山火海去取解咒的魔法药水，他甚至连亲吻一下公主的勇气都没有。他做了些什么呢？只是在她开心的时候，陪她一起玩水；在她不开心的时候，给她擦擦鞋子……

麦克唐纳为何要让他的王子以这样的面貌出现呢？也许，他只是想证明一点：爱一个人，是没有什么理由的。如果雨水落在大地上，也需要一个理由，那么生命在诞生之前就已经枯萎了。在他的另一部中篇童话《白昼男孩和黑夜女孩》中，像一个初生婴儿般天真的幽夜，也不为什么就爱上了自己第一次见到的光芒。"黑夜给了我黑色的眼睛，我却用它寻找光明。"即使是两个性情、喜好如白昼和夜晚一样截然相反的人，也可以彼此理解，并结合为和谐的一体。这，就是麦克唐纳的理想。他始终相信，充满情感的心灵，就是打开整个世界及人生的钥匙——"那些无形的事物，离我们比有形的事物更近些。"所以他才借王子的声音，对每一个和轻轻公主一样、不曾为爱流过泪的人儿唱道：

就如世界没有井眼

森林幽谷了无阳光；

就如世界没有光芒

潺潺小河不再流淌；

就如世界没有希望

浩瀚海洋失去波浪；

就如世界再无雨天

晴朗平原一片空旷——

如果你心中不再有爱流淌，

我的心啊，你的世界就会变成这样。

我曾经问那个喜欢轻轻公主的女孩："为什么你特别喜欢那些公主和王子的故事呢？"她想了一会儿，很认真地答道："因为，在这些故事里，爱着和被爱的人总是可以得到幸福。"这回答，或许就是轻轻公主最终赢得了重力，赢得了无数读者共鸣的关键所在吧。当她爱着一个人的时候，她就不再是一个被诅咒的公主，而只不过是一个普普通通的、想要一个幸福结局的小女孩。而这个女孩，和你我并没有什么不同。

[全书完]

乔治·麦克唐纳
（1824 — 1905）

英国作家、学者和诗人。
一生中创作了三十多部小说，以及大量的童话、散文和诗歌，被誉为"维多利亚时代童话之王"

代表作：《北风的背后》《轻轻公主》等

漪 然
（1977 — 2015）

原名戴永安
儿童文学作家、翻译家

出生于安徽芜湖，3 岁意外致残，8 岁开始自学，14 岁从事专业写作，2015 年因病去世，年仅 38 岁，一生共创作并翻译作品 200 多部

原创代表作：
《四季短笛》《忘忧公主》《记忆盒子》《心弦奏响的一刻》等
翻译代表作：
《月亮的味道》《一个孩子的诗园》《莎士比亚戏剧故事集》《海精灵》
《轻轻公主》《花朵的故事》《七条龙》《不一样的卡梅拉》等

假如我是一个爱做梦的孩子
妈妈，你愿意抱着我
听我说一说我梦里的世界么

轻轻公主

产品经理 | 李　静　　　装帧设计 | 马　娴

产品助理 | 吴高林　　　产品监制 | 慢　慢

责任印制 | 路军飞　　　出 品 人 | 于　桐

图书在版编目(CIP)数据

轻轻公主 / (英) 乔治·麦克唐纳著；漪然译. --
昆明：云南美术出版社, 2018.6
ISBN 978-7-5489-3231-4

Ⅰ. ①轻… Ⅱ. ①乔… ②漪… Ⅲ. ①童话－英国－
近代 Ⅳ. ① I561.88

中国版本图书馆 CIP 数据核字 (2018) 第 117697 号

责任编辑　　梁　媛　于重榕
责任校对　　李　平
产品经理　　李　静
装帧设计　　马　娴
插　　画　　范翊君

轻轻公主

［英］乔治·麦克唐纳　著　漪然　译

出版发行：云南出版集团
　　　　　云南美术出版社（昆明市环城西路 609 号）
制版印刷：北京旭丰源印刷技术有限公司
开　　本：1230mm × 880mm　1/32
字　　数：110 千字
印　　张：5.5
印　　数：1–9,000
版　　次：2018 年 6 月第 1 版
印　　次：2018 年 6 月第 1 次印刷
书　　号：ISBN 978-7-5489-3231-4
定　　价：38.00 元

如发现印装质量问题，影响阅读，请致电联系（021-64386496）调换